순일중학교 양푼이 클럽

순일중학교
양푼이 클럽

김지완 장편소설

㈜ 자음과모음

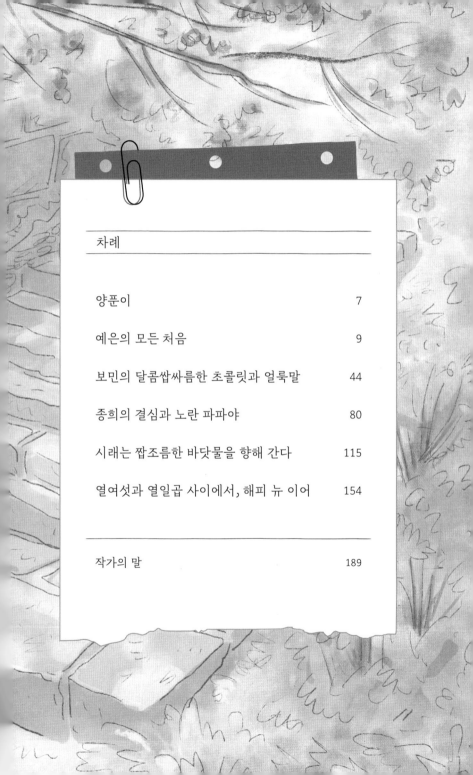

차례

일러두기
소설에 등장하는 배우들의 인명 표기는 국립국어원 외래어 표기법을
기준으로 하였습니다. 단, 대중적으로 통용되는 표기와 기준 표기법이
상이한 경우 가독성을 위해 통용 표기를 따랐습니다.

양푼이

'양푼' 혹은 '양푼이'란 음식을 담는 데 쓰는 아가리가 넓은 형태의 놋그릇을 가리킨다. 요즘은 보관이나 세척의 편리성을 위해 알루미늄 또는 스테인리스로 많이 제작되는데, 그 바람에 '스테인리스 보울'이라는 다소 세련된, 한국인에게는 낯설게 느껴지는 명칭으로 불리기도 한다.

주로 양푼이에는 다양한 재료를 비벼 먹기 좋은 음식이 담긴다. 이때 재료의 식감이나 향의 조화로움은 중요치 않을지도 모른다. 일단 커다란 양푼이 안에 이것저것 넣고 비비기만 하면, 여럿이 달려들어 음식을 나눠 먹기만 하면, 뱃속과 마음이 함께 따뜻해지고 충만해진다. 함께 먹는 사람에게 정이 든다.

그러니까, 안 되는 것이다.

네 고통은 네 고통이고 내 아픔은 내 아픔이라고 딱 잘라 구분

짓는 일. 몸과 마음이 곯은 너를 두고 깊은 밤 혼자 곤히 잠드는 일. 윤예은과 손보민, 전종희와 최시래가 서로의 외로움과 슬픔과 상처를 외면하는 일.

그것은 양푼이 안에서 밥 한 톨까지 세세하게 섹션을 나누어 여기서부터 여기까지만 네 거니까 잘 살펴 드세요, 하는 것과 마찬가지로 불가능한 일이었다. 냉정한 일이었다. 순일중학교 양푼이 클럽은 동그란 그릇 안에 담긴 운명 공동체이자 감정 공동체이니까.

이 클럽의 강령을 한마디로 요약하자면,

"혼자 울게 두지 않을 것"이었다.

예은의 모든 처음

"예은아, 미안해."

"안 미안하면 되잖아."

예은의 눈물이 아스팔트 바닥에 방울방울 떨어졌다.

"너랑 사귀는 동안 재밌었어."

"계속 재밌으면 되잖아."

예은이 꽉 잡고 있던 한주의 허리 쪽 교복 셔츠가 다 구겨졌다.

"미안해. 잘 지내고, 밥도 잘 먹고……."

"잘 못 지낼 거고 밥도 안 먹을 거야. 그래서 나한테 엄청 미안하게 만들 거야."

한주는 난처한 표정으로 예은의 손 위에 자신의 손을 포갰다. 그러고는 힘을 주어 예은의 손에서 옷자락을 빼낸 후 뒤돌아 걸어가 버렸다.

한주와 헤어질 때 예은이 뱉은 말들은 예언이자 저주가 되었다. 예은은 점차 말라 갔다. 하도 울어서인지 피부도 버석하게 메말라 갔다. 언제나 고농축 티트리 세럼과 어린 쑥 에센스의 은혜를 받아 촉촉하게 광이 나던 예은의 얼굴이 눈에 띄게 상하자, 보민과 종희 그리고 시래는 그제야 이 이별이 심상치 않은 것임을 알아챘다.

한편 눈에 보이지 않는 것도 말라 버렸다. 한주를 만나는 동안 늘 뜨겁고 축축하고 물렁거렸던 예은의 마음. 그것은 말라비틀어지다 못해 바닥에 뒹구는 낙엽처럼 힘없이 바스라졌다.

열여섯. 첫사랑과의 첫 이별. 게임으로 치면 2차 육성도 안 된 캐릭터가 보스 맵에 내던져진 꼴이니 결말이 녹다운, 게임 오버인 건 당연했다. 예은이 게임 오버 된 지 오늘로 꼭 보름째였다.

"도암고 2학년 장한주. 하느님, 저 오늘 그 새끼 죽이러 갑니다."

보름이면 시래도 많이 참은 것이다. 시래가 젓가락을 탁 내려놓으며 하느님에게 선언했다. 그때 예은은 식판 한쪽으로 잔반을 몰아넣고 있었다. 말이 잔반이지, 오늘 급식 역시 입에도 대지 않았으므로 받은 그대로나 다름없었다.

예은이 숟가락으로 반찬을 긁다 말고 시래를 빤히 보았다.

"너 방금 뭐라고 했어?"

"네 전 남친 죽이러 간다고 하느님께 보고 드렸다, 왜?"

"그 새끼라고 하지 마. 왜 욕을 해?"

"욕 안 나오고 배겨? 친구가 전 남친 때문에 밥도 안 먹고 얼굴은 계속 흙빛인데. 지금도 봐, 기후 위기랑 식량 위기 심각하다고 디카프리오가 맨날 영화 찍으면 뭐 하나. 너 같은 애들이 음식 아까운 줄 모르고 이렇게 버려 대는데."

"갑자기 웬 디카프리오?"

종희가 맞은편의 보민에게 속삭였다.

"아, 시래 요즘 디카프리오 필모그래피 도장 깨기 하고 있거든. 디카프리오가 기후랑 환경에 예민하대. 유엔 같은 데에서도 연설하고 그런대."

보민도 목소리를 낮춰 답해 주었다. 최근 시래는 영화 별점을 매기는 앱에서 우수 활동 유저에게만 주는 배지를 받았다. 종희는 아하, 하고 짧게 호응한 뒤 다시 국을 떠먹었다. 그러는 사이 예은은 눈도 깜짝하지 않고 시래를 노려보고 있었다.

"밥 먹을 기운은 없으면서 나 째려볼 기운은 있나 봐."

시래가 비아냥거렸다. 시래 옆에 앉은 보민이 시래의 팔뚝을 살짝 꼬집었다. 타고나길 눈치가 빠르고 성격이 무른 보민이 이 세상에서 가장 싫어하는 일은, 등 터지기 일보 직전의 새우가 되는 것이었다.

"시래야, 그만해. 예은아, 너도 참아. 시래가 너 걱정해서 그러는 거 알잖아."

보민은 맞은편의 예은만이 알아챌 수 있도록 간절한 눈빛(예은아 시래는 막말이 취미라는 거 알잖아 착한 네가 좀 참아 주면 안 될까)을 보냈다. 그러나 고래들은 전투 의지를 꺾을 생각이 없었다.

"걱정하는 애가 말을 저렇게 해? 최시래는 그냥 내가 짜증 나는 거야."

물론 예은이 정말로 그렇게 생각하는 건 아니었다. 외동인 예은에게 시래는 거저 생긴 친언니 같은 친구다. 보민과 종희, 둘과는 작년에 같은 반이 되면서 친해졌지만, 예은과 시래는 초등학교 1학년 때부터 단짝이다. 예은은 기억도 가물가물한 코흘리개 시절부터 시래에게 욕을 먹거나 혼이 날 때마다 이상하게 기분이 좋았다. 시래의 엄한 잔소리와 그 속에 담긴 자신을 향한 애정을 즐겼다.

"어떻게 알았냐? 윤예은 요새 너 진짜 짜증 나. 그러니까 그만 좀 해."

그런데 오늘은 아니었다. 시래의 빈정거리는 말투가 거슬렸다.

"네가 뭘 아는데? 네가 나처럼 헤어져 봤어? 영화 속 주인공들이 쿨하고 멋지니까 사람들이 다 그런 줄 알아? 너 나중에 네가 남자 친구랑 헤어지고 나서도 그렇게 쿨할 수 있을지 한번 보자."

예은은 말을 뱉자마자 아차 싶었다. 물론 시래는 그 틈을 놓치지 않고 "그럴 일 없으니까 내 걱정은 말아 줄래?"라며 콧방귀를 뀌었다.

시래는 남자 친구를 만들기는커녕 남자인 친구조차 없는 아이다. 위로 언니만 두 명인데, 유전자에 새겨지기라도 한 듯 언니들 역시 연애도 하지 않고 이성 친구조차 멀리했다.

반면 예은은 남자애들과 늘 우호적으로 지냈다. 분반 구조인 순일중학교에서 삼 년 내내 여자 반이었는데도 그랬다. 친구인 줄 알았던 아이들에게 고백을 받으면서 우정이 끝나 버리는 게 작은 문제라면 문제였다. 자랄수록 이성 친구에 관한 예은과 시래의 성향은 반대로 갈렸고, 그것은 어쩐지 예은을 종종 외롭게 만들었다.

"예은아, 우리 사귈래?"

그래서일까, 한주에게 고백을 받았을 때 예은은 가장 먼저 시래를 떠올렸다. 왜 좋아하는 오빠에게 고백을 받는 낭만적인 순간에 최시래의 무표정이 떠오른 건지, 스스로도 이해하기가 어려웠다.

"집에 가서 생각해 보고 연락 줄게."

한주는 예은이 당연히 자신의 마음을 받아 줄 거라 생각했는지 살짝 당황한 듯 보였다. 그러나 최대한 티 내지 않으려 노력하면서, 기다리겠다고 했다.

"최시래, 나 장한주랑 사귈까?"

—그걸 왜 나한테 물어. 나 지금 티모시 샬라메 필모 깨느라 바쁘거든?

"일단 대답해 봐. 나 장한주랑 사귀어, 말아."

―아, 사귀어!

고백을 받은 날 밤, 예은은 시래에게 전화를 걸어 은근하게 반
응을 떠보았다. 수화기 너머로 프랑스어가 들렸다. 티모 어쩌고가
프랑스 배우인 모양이었다. 자신에게는 암호에 가깝게 들리는 이
름인데, 그런 배우들을 시래는 잘도 찾아서 좋아하는구나 싶었다.

"오케이, 영화 마저 봐. 고마워."

―뭐가 고마워?

"어? 내가 고맙다 그랬어? 그러게, 뭐가 고맙지?"

―어이없네. 끊는다.

얼떨결에 나온 말이었지만 시래가 자신의 연애를 허락해 줘서
고마운 것은 진심이었다. 시래가 싫은 티를 냈더라면 한주와 사
귀지 않을 생각도 있었기 때문이다. 예은은 한주에 관한 일이라
면 이상하게 시래의 눈치를 보게 되었다. 사랑에 정신 팔린 친구
라는 오명을 뒤집어쓰고 싶지 않아서인지, 사랑보다 우정이 더
중요하다고 느껴서인지는 쉽게 판단하기 어려웠다.

최근까지도 그랬다. 마라탕을 먹고 소품 숍 투어를 갔다가 코
인 노래방에서 미친 듯이 달리기로 한 어느 금요일의 완벽한 계
획에서 예은만 빠지게 되었을 때.

"얘들아, 진짜 미안. 오빠랑 빨리 헤어지면 너희 쪽으로 바로 넘
어갈게."

예은은 한주와 영화를 보기로 한 일이 선약이었음에도 불구하

고 눈썹을 늘어뜨리며 몇 번이나 사과했다. 말로는 "얘들아"라고 했지만, 눈으로는 시래의 표정만 살폈다.

"영화 보고 후기나 말해 줘. 호불호가 많이 갈린다고 그래서 궁금하네."

시래는 예은이 보러 간다는 영화에만 관심이 있었다.

예은은 학교가 끝날 때까지 시래의 표정 하나하나, 말투 하나하나에서 의미를 읽어 내려고 온 에너지를 끌어다 썼다. 그래서 한주를 만났을 때는 이미 기진맥진한 상태였다. 영화를 보는 내내 꾸벅꾸벅 졸아 시래에게 말해 줄 만한 후기도 없었다.

여기까지가 시래는 모르는 예은의 이야기다. 그런데 헤어지고 나서까지 네 눈치를 보라고? (시래가 그러라고 한 적 없다.) 왜 그래야 하는데? (시래가 그러라고 한 적 없다.) 예은은 자신을 화나게 하는 사람이 시래가 아니라 자기 자신이라는 사실을 인정하고 싶지 않았다.

"그만들 좀 싸워. 이러다 점심시간 끝나겠다."

종희가 식판을 들고 일어섰다.

"종희, 같이 가."

보민도 뒤를 따랐다. 예은과 시래도 일단 휴전했다. 예은이 마지막으로 의자에서 엉덩이를 뗐다. 그때, 아래에서 뜨끈하고 축축한 뭔가가 나와 팬티를 적셨다.

생리야, 드디어.

태연한 표정으로 잔반 처리대 앞에 줄을 선 예은은 빠르게 음식물을 버리고 식판을 정리했다. 그러고는 화장실로 곧장 달려갔다. 생리여야 해. 무조건 그래야 해. 이 나이에 전 남친의 애를 가질 수는 없어. 머릿속에는 오직 그 생각뿐이었다.

예은은 화장실 문을 걸어 잠갔다. 쿵, 쿵. 빠르게 울리는 심장 때문에 깊게 숨을 내쉬며 호흡을 한 번 가다듬어야 했다. 스타킹과 팬티를 한꺼번에 잡아 내렸다. 팬티에 묻은 건 물컹하고 덩어리진 흰색 냉이었다. 생리가 아니었다.

검은색 팬티, 그 안에서 칠흑같이 어둡고 불길한 미래를 보기라도 한 듯 예은은 망연한 표정으로 고개를 숙였다.

한주와 잤다. 한주에게 차였다. 생리 예정일에서 꼬박 2주가 지났는데 생리를 안 한다. 예은은 자신이 처한 상황을 순서대로 곱씹어 보았다.

"아, 이런 썅……."

이건 아니라고 생각했다.

＊

한주는 예은이 다니는 스터디 카페 1층에 있는 편의점 아르바이트생이었다. 평일 저녁 여섯 시에 출근해서 열 시에 야간 알바와 교대했다. 예은이 스터디 카페에 입실하고 퇴실하는 시간과

정확히 일치했기 때문에 둘은 종종 얼굴을 마주쳤다. 예은은 한주의 밤색 교복 바지를 보고 도암고네, 했고 한주는 예은의 자주색 생활복을 보며 순일중이네, 했다.

서로를 교복 색깔 정도로만 인식하고 있던 둘이 첫 대화를 하게 된 건 4월의 첫날이었다.

늘 그랬듯이 예은은 아몬드우유와 견과류 봉지를 들고 계산대 앞에 섰다. 그런데 한주는 바코드를 찍지 않고 예은의 눈을 바라보았다.

"오늘 스카 안 열었을 텐데."

"네?"

"문자 같은 거 안 갔나? 오늘 거기 주방에서 불났다는데."

반말도 존댓말도 아니었다. 끝을 흐리는 말투에서 묘한 친밀감이 느껴졌다. 아는 사이는 아니지만 그렇다고 모르는 사이도 아닌, 애매한 관계에서만 나오는 종류의 것이었다. 예은은 한주가 자신에게 존댓말을 써야 하는지 반말을 써야 하는지 고민했다는 사실에 기분이 좋았지만, 겉으로 내색하지는 않았다.

"휴대폰 확인 안 해서 몰랐어요."

예은은 우선 계산부터 해 달라는 듯 물건들을 앞으로 쓱 밀었다. 그리고 카드 승인을 기다리다가 툭, 말을 던졌다.

"혹시 빵은 아니죠?"

"으에?"

한주의 당황한 목소리가 돌아왔다. '예'와 '에' 사이의, 의문형인지 감탄사인지 모를 외마디였다.

"오늘 만우절이잖아요."

몇 초 동안 버퍼링이 걸린 듯했던 한주가 잠시 후 큰 소리로 웃었다.

"너한테 내가 뻥을 왜 쳐? 나는 네 이름도 몰라."

"……."

"이름 알려 달라는 뜻인데 말해 주기 싫어?"

"윤예은이요. 근데 왜 반말하세요?"

"너 중학생이잖아. 나는 고2거든. 내 이름은 장한주야."

아…… 넵. 동그랗게 커진 예은의 눈이 말줄임표처럼 점점 작아졌다. 예은은 고개를 꾸벅 숙이고 편의점을 빠져나왔다. 더 있으면 얼굴이 새빨갛게 달아오를 것 같았다.

발걸음을 옮겨 스터디 카페가 있는 2층으로 올라가 보았다. 출입문에 '임시 휴무'라고 적힌 종이가 붙어 있었다. 문 닫힌 카페 안쪽에서는 탄 냄새가 고약하게 났다. 진짜 불이 났었구나. 만우절에 벌어진 거짓말 같은 일이었다.

종종걸음으로 계단을 내려와 상가를 나서던 예은은 편의점 통유리 사이로 한주와 눈이 마주쳤다. '거봐' 하는 표정으로 한주가 웃었다.

저 오빠는 왜 자꾸 웃지?

예은은 쿵쾅거리는 심장 박동을 애써 모른 척하며 건널목으로 뛰어갔다.

그날 저녁에는 오랜만에 집에서 공부하기로 마음먹고 문제집을 펼쳐 보았으나 도무지 집중이 되지 않았다. 아몬드우유를 빨아 먹고 캐슈너트와 땅콩을 아작아작 씹으면서, 몇 시간째 멍하니 문제집만 내려다보고 있을 때였다.

"너 왜 공부를 하다 말고 배시시 웃니?"

냉장고를 열던 엄마가 수상하다는 듯 물었다.

"아, 식탁에서 공부하니까 집중이 안 돼."

예은은 맥락에 맞지 않는 답을 했다. 그러고는 한껏 솟은 광대를 손으로 부여잡고 억지로 끌어내렸다. 엄마는 그럴 거면 방에 들어가서 공부할 것이지 왜 식탁에 나와 텔레비전도 못 보게 하느냐며 타박을 늘어놓았다. 예은은 엄마의 말이 귓바퀴를 타고 부드럽게 빠져나가는 것을 느꼈다.

아니, 그 오빠 진짜 왜 웃었지? 약간 좋아하는 사람 볼 때처럼 웃지 않았나? 나는 왜 도망치듯이 편의점을 나왔지?

예은은 똑같은 문제를 두고 한참 동안 씨름을 하다가 문제집을 확 덮어 버렸다.

"계산요."

다음 날도 예은은 계산대에 아몬드우유와 견과류 봉지를 내려

놓았다.

각인 효과. 카페나 식당에서 한 메뉴만 줄기차게 시키는 손님
은 알바생이 기억하기 쉽다고, 그걸 각인 효과라고 한다고 모 연
애 상담 유튜버가 근엄하게 설명하는 영상을 본 적이 있다. 예은
은 한주를 밤색 교복, 그러니까 그저 '도암고'로만 인식하고 있던
시기에도 유튜버의 말을 떠올리며 오직 그 두 상품만을 줄기차게
구매했다. 어쩌면, 시작은 예은 쪽이 먼저였는지도 모른다.

"맨날 이것만 먹어?"

"네, 이거 좋아해요."

바로 이 순간을 위해서였다고, 예은은 뒤늦게 알아차렸다. 한주
에게 컵라면이나 삼각김밥이 아닌 아몬드우유와 견과류 봉지로
각인되었다는 사실이, 그 물건들이 주는 단정하고 수수한 느낌이,
예은을 은은히 기쁘게 만들었다. 예은은 웃음이 새어 나오지 않
도록 아랫니로 입술을 씹었다.

"번호 좀 가르쳐 줘."

한주가 카드를 돌려주면서 말했다.

"……."

예은은 빨개진 얼굴로 한주의 휴대폰을 건네받았다. 번호를 찍
은 뒤 통화 버튼을 눌러 자신의 휴대폰에도 한주의 번호를 남겼
다. 그리고 아주 느린 걸음으로 편의점을 벗어났다. 한주가 자신
의 뒷모습을 보고 있을 거라고 생각하니 걸음걸이 하나하나에도

온 신경이 곤두섰다.

[안녕.]

자리에 앉은 지 오 분도 안 되어서 카톡이 날아왔다. 쓸데없이 줄다리기하지 않는 태도가 마음에 들었다.

[나 열 시에 퇴근하는데, 혹시 너 버스 정류장까지 데려다줘도 돼?]

한주의 말투는 생김새와 비슷했다. 말갛고 담백하며 군더더기 없었다. 맞춤법과 띄어쓰기를 잘 지키는 것도, 이모티콘을 남발하지 않는 것도 다 좋았다. 한주가 벌써 좋았다. 예은의 입에서 앓는 소리가 흘러나왔다. 예은은 문제집에 얼굴을 박아 버렸다.

예은은 한주의 퇴근 시간에 맞춰 짐을 챙겼다. 퇴실 버튼을 누른 후 카드를 찍고 카페를 나섰다. 한주는 예은이 좋아하는 견과류 봉지를 들고 편의점 앞에 서 있었다. 봄밤의 부드럽고 선선한 바람이 예은의 머리카락을 간질였다.

"잘 먹겠습니다."

"이거 말고 또 뭐 좋아해?"

"빼빼로, 감자칩."

한주가 무언가를 깨달았다는 듯이 고개를 끄덕였다.

"설치류 취향이네. 오도독 씹어 먹기 좋은 것들만 좋아하는 거 보니까."

"보통은 햄스터나 토끼 같다고 하지 않아요? 웬 설치류."

별것도 아닌 농담에 시원하게 웃었다. 이야기가 탁구 랠리처럼 이어지다가 럭비처럼 예상치 못한 곳으로 튀기도 하다가 피구처럼 마음에 턱 하니 날아오기도 했다. 한주가 몸에 힘을 빼고 던지는 말들이 전부 유효 슛이었다.

"너랑 이야기하는 거 재밌다."

"제가 좀 그래요."

"나한테만 그래라. 알았지?"

한주의 장난 같은 말들을 곱씹느라 잠 못 이루는 밤, 그런 밤들이 계속해서 이어졌다. 메이크업으로 다크서클을 가리는 것도 한계라고 생각될 무렵, 한주가 예은에게 고백했다. 떨어진 벚꽃 잎이 눈처럼 쌓여 바닥을 굴러다니는 근린공원이었다.

예은과 한주가 앉아 있는 벤치와 그리 멀지 않은 곳에서 스트레칭 기구를 이용해 달밤 체조 중이던 어르신이 있었다. 어르신의 카세트에서 구슬픈 트로트가 흘러나왔다. 처량한 음색과 달리 당신이 진정 나를 떠나신다면 살아서는 결코 행복할 수 없으리라는 무시무시한 가사가 예은의 귀에 날아와 꽂혔다.

인생에는 지나고 나면 그것이 복선이었구나, 싶은 순간들이 더러 있다. 그러나 그 순간의 예은은 그 복선을, 징조를 조금도 눈치

채지 못했다.

예은은 떨리는 마음으로 (시래에게 허락을 받은 뒤) 한주의 고백을 받아 주었다. 그렇게 예은의 첫 연애가 시작되었다.

"진짜? 그 편의점 오빠랑 사귀기로 했다고? 대박."

소식을 전했을 때 가장 뜨거운 반응을 보인 건 보민이었다. 두 손으로 입을 틀어막으며 흥분하는 보민을 보니 예은도 덩달아 말이 자꾸만 빨라졌다. 반면 종희와 시래는 조금 모호한 표정으로 잠자코 듣고만 있었다.

먼저 조심스레 입을 연 건 종희였다.

"그 오빠 고2라며. 괜찮나? 고등학생이 중학생이랑 사귀어도?"

예은은 순간 기분이 상했지만 아무렇지 않은 척 대꾸했다.

"안 괜찮을 건 또 뭐야. 성인이랑 미성년자도 아니잖아."

"그래도 조심해."

시래까지 거들었을 때, 예은은 더 이상 나빠진 기분을 감추고 싶지 않았다.

"뭘 조심하란 건데?"

"뭐든 조심하란 거지."

"내가 알아서 할게."

"그래라, 그럼."

예은은 그 후로 아이들에게 한주에 대해 잘 말하지 않았다. 보민이 궁금해하면 잘 만나고 있다고 웃어 주면서 함께 찍은 사진

몇 장을 보여 주는 정도에 그쳤다. 그렇게 예은의 연애 사업은 예은만의 사생활로 분류되어 갔다.

그리고 예은은, 정말로 알아서 했다. 한주와 사귄 지 막 한 달이 넘은 무렵의 어느 주말이었다.

[예은아, 오늘 우리 집에서 볼래?]

한주가 집으로 예은을 초대했다. 부모님이 지방에서 하는 결혼식에 갔다고 했다. 예은은 넷이 모여 있는 단톡방에 [오빠가 자기 집에 오래. 나 가도 될]까지 썼다가 이내 지워 버렸다. 아이들은 새로 바뀐 음악 방송 MC들의 커플 룩이 얼마나 잘 어울리는지 떠들고 있었다. 실시간으로 영상과 사진이 올라왔다. 연애 이야기를 꺼낼 분위기도, 타이밍도 아니었다.

이상했다. 분명 예은도 속해 있던 세계였는데 낯설게만 느껴진다는 것이.

예은은 자신이 마치 지구 반대편의 외진 나라에 뚝 떨어진 여행자가 된 것 같았다. 낮에는 아름다운 풍경에 가슴이 저릿할 만큼 행복하다가도, 해가 지면 돌연 모든 게 낯설고 두려운 이방인이 되었다.

그러나 이 여행은 예은이 선택한 것이었고, 누군가가 대신해 줄 수도 없었다. 외로움까지도 여행자의 몫인 건지, 한주와 가까워질수록 세 친구와 멀어지는 듯한 기분에 조바심이 났지만 그런 이유로 헤어지기에는 이미 한주를 깊이 좋아하고 있었다. 집을 떠나 오래 걸으면 걸을수록 집과 멀어지는 것은 당연했다. 하지만 모퉁이를 돌 때마다 펼쳐지는 새로운 장면에, 본 적 없는 풍경에 예은은 번번이 마음이 붙들렸고, 발걸음을 멈출 수 없었다.

딩동.

초인종을 누르자 한주가 튀어나왔다. 흰 반소매 티셔츠를 입고 앞머리를 단정하게 내린 한주. 예은이 가장 좋아하는 모습이었다. 예은은 한주의 볼에 도장을 찍듯 장난스럽게 뽀뽀했다. 한주는 그런 예은의 손을 끌어당기고는 현관문을 닫았다.

"맛있는 냄새 나!"

"파스타 했어. 근데 기대는 하지 마. 나 요리 처음 해 보거든."

예은이 코를 킁킁거리면서 눈으로 한주의 집 구석구석을 바삐 좇았다. 예은의 집과 비슷한 구조의 평범한 아파트인데도 눈에 닿는 모든 게 신기하기만 했다. 아쿠아리움에 왔대도 이렇게 흥미롭지는 않을 거야. 예은은 생각했다. 한주의 방은 현관문 바로 맞은편에 자리했다. 예은의 방과 똑같은 위치였다. 그런 사소한 것까지 다 운명처럼 느껴져 마음이 간지러웠다.

요리를 처음 해 본다는 말이 거짓은 아니었는지 파스타 면이 젖은 상자처럼 질겅질겅 씹혔다. 간도 엉망이었다. 그래도 예은은 접시를 깨끗하게 비웠다. 빨리 한주의 방을 구경하고 싶어 절로 속도를 내며 먹게 되었다.

"방, 들어가 봐도 되지?"

진짜 별거 없는데. 한주가 자신 없어 하며 방문을 열어 주었다. 한주의 방은 섬유 탈취제 냄새에 거의 절여져 있었다. 자기가 오기 전까지 혼자 얼마나 분주하게 청소했을지 그림이 그려졌다.

예은은 한주의 집에 들어선 순간부터 자신의 마음이 걷잡을 수 없이 커지는 것을 느꼈다. 한주가 앉아서 텔레비전을 보는 소파, 한주가 밥을 먹는 식탁, 한주가 하루에도 몇 번이고 열어 볼 냉장고. 그런 사소한 물건들 하나하나에 눈길이 가고 마음이 갔다.

나 오빠 사랑하는 것 같아.

금방이라도 그런 말이 입 밖으로 튀어나올 것 같은 날이었다.

"오빠가 매일 여기 누워서 나랑 통화하는 건가?"

예은이 한주의 침대에 걸터앉았다.

"매일 이런 자세로 전화한다고 볼 수 있지. 여보세요, 예은이 안녕."

한주가 침대에 다이빙하듯이 드러누워 전화 받는 시늉을 했다. 예은은 웃으며 한주 옆에 모로 누웠다. 한주가 능숙하게 팔베개를 해 주었다. 분위기가 묘하다고 느낄 무렵에는 이미 입을 맞추고 있었다.

이래도 되나? 이래도 되는 거야?

낯선 여행지에서도 뭐든 알아서 할 자신이 있다고 되뇌던 예은이었지만, 이런 일은 정말이지 예상 밖이었다. 머릿속에서 경고음이 울리는 것 같았다. 한주가 예은의 허리를, 정확히는 허리께 부근의 티셔츠 태그를 손가락으로 만지작거렸다. "그만할까?" 하고 한주가 머뭇거리는 말투로 물었을 때, 예은은 고개를 저었다. 경고음이 힘없이 꺼졌다.

그것은 이제껏 어디에 있었는지, 어떤 얼굴을 한 채 숨어 있었는지 모를 예은의 욕구가 시킨 일이었다. 예은은 자신 안에 이렇게 커다랗고 노골적인 욕구가 있었다는 사실이 놀라웠다. 그리고 두려웠다. 하지만 동시에 자유로웠다.

그렇게 예은은 한주와 *했다*. 하는 동안 예은은 자신이 무엇을 하고 있는지, 무엇을 원하는지 분명하게 알고 있었다. 강요도 강압도 아니었다. 예은이 좋아서 한 일이었다. 그러니까 괜찮다고 생각했다.

"괜찮다고 생각했는데……."

옷을 다 입은 예은이 갑작스럽게 눈물을 쏟았다. 당황한 한주가 바지를 입다 말고 허겁지겁 책상에서 휴지를 찾아 내밀었다.

"이게 무슨 기분이지? 나 왜 죄책감이 드는 거야?"

"예은아, 미안해."

한주가 어쩔 줄 몰라 하며 말했다.

"사과하지 마. 오빠가 그러니까 더 기분이 안 좋아진단 말이야."

예은은 젖은 얼굴로 한주의 품에 오래 안겨 있었다. 첫 경험 후에 오열하는 여자 친구라니, 최악이잖아. 그 와중에도 한주가 자신에게 정이 떨어질까 봐 겁이 났다. 좋아서 한 일이었다 해도, 스스로 결정한 일이었다 해도, 너무 빨랐다는 후회가 찾아왔다. 하지만 이미 늦었다. 예은은 구명조끼 하나 없이 바다 한가운데에 떨어진 기분이었다. 감당할 수 없는 파도가 자신을 향해 몰려오고 있다는 걸 직감했다. 몸이 작게 떨렸다. 한주가 다시 예은을 힘주어 안았다.

"울지 마, 예은아. 앞으로 내가 더 잘해 줄게, 응?"

이상하다고 생각했다. 한주는 예은과 함께 바다에 빠진 사람이 아니었다. 한주는 모래사장에서 예은을 바라보며 밧줄을 던져 주는 인명 구조 요원에 가까웠다. 함께 저지른 일인데도 한주는 괜찮고 예은은 괜찮지 않았다. 예은은 무언가를 잃어버린 기분인데 반대로 한주는 예은으로부터 무언가를 얻어 낸 사람처럼, 그래서 예은을 꼭 책임져 주어야 할 것처럼 굴었다. 그 간극을 예은은 이해할 수 없었다.

예은이 집으로 돌아왔을 때 엄마는 소파에 앉아 텔레비전을 보고 있었다.

"예은, 밥 먹어. 식탁에 스파게티 있어."

"입맛 없어. 그리고 나 점심에도 파스타 먹었어."

"누구랑? 어머, 너 울었니?"

무심코 고개를 돌린 엄마가 예은을 보자마자 달려왔다. 예은은 엄마의 품에 안겨 가만히 숨을 골랐다. 엄마가 예은의 등을 슥슥 문질러 주었다. 조금 전까지 그 등을 만지던 또 하나의 손길이 있었다는 사실을, 예은은 떠올릴 수밖에 없었다.

"친구랑 싸웠어? 너 울면 엄마 속상해."

엄마의 몸에서 익숙한 보디로션 냄새가 났다. 엄마가 앞에 있는데도 엄마가 그리운 기분이었다.

그날을 기점으로 친구에게도 가족에게도, 심지어 한주에게도 털어놓을 수 없는 감정이 예은의 마음속에 씨앗처럼 심겼다. 예은은 한주를 생각해도 전처럼 설레지 않았다. 복잡한 죄책감과 불안이 그 자리를 대신했다. 불안을 양분 삼은 씨앗은 무럭무럭 몸집을 키워 예은의 내면에 그림자를 드리웠다.

예은은 학교와 집에서 아무 일 없는 척 연기하느라 온 힘을 다 써야 했다. 하지만 한주 앞에서는 그럴 필요를 느끼지 못했으므로, 연기는커녕 기분을 숨기려는 시늉조차 하지 않았다. 그 무렵 예은은 스스로가 매일 낯설었고 그것이 위험 신호처럼 느껴졌다.

"예은아, 무슨 생각해?"

"아무 생각도 안 해."

"거짓말."

예은이 혼자 멀리 간 사람처럼 생각에 잠길 때마다, 한주는 예은의 눈치를 살폈다. 그러면서 자꾸 미안하다고 말했다. 내가 집에 초대하는 게 아니었는데. 방으로 데려가는 게 아니었는데. 그러는 게 아니었는데.

예은은 한주의 사과를 듣고 있기가 힘들었다. 사과를 들으면 사과를 들을 만한 일을 당한 것만 같았다. 자신은 어떤 일도 당하지 않았는데.

어느 날은 참지 못하고 버럭 화를 냈다.

"왜 자꾸 사과해? 내가 사과하지 말랬잖아. 오빠가 사과하면 꼭, 내가 억지로 한 거 같다고 그러지 말랬잖아!"

그러자 한주는 입을 꾹 다물었다.

공원에서나 카페에서나 영화관에서나, 만나기만 하면 비슷한 이유로 분위기가 얼어붙었다. 서로가 옆에 있어도 휴대폰 액정만 바라보는 날이 늘어 갔다.

[윤예은은 뭐 하나? 요즘 학교에서도 잠만 자고, 카톡도 안 하고.]
[우리랑 다르게 연애하느라 바쁘셔.]

단톡방 속 친구들의 대화는 너무나 평화롭고 잔잔해서 꼭 끝도 없이 재생되는 일상 애니메이션 같았다. 예은도 분명 그 속에 속한 인물이었다. 그런데 정신을 차리고 보니 혼사만 장르가 바뀌어 심각한 위기에 봉착한 주인공이 되어 있었다.

"우리 그만 만나자. 미안해."

얼마 뒤, 한주는 예은에게 이별을 통보했다. 미안해서 더는 예은을 만나지 못하겠다는 게 이유였다. 예은이 자기와 헤어져야 행복할 것 같다고 했다. 아니라고, 오빠랑 같이 행복하고 싶다고 한주의 교복 셔츠가 구겨질 정도로 붙잡아도 소용없었다. 한주는 예은에게서 도망쳤다.

예은의 마음은 누군가가 포클레인으로 밀어 버린 것처럼 삽시간에 붕괴되어 잔해만 나뒹굴었다. 한주가 바래다주지 않는 귀갓길, 한주와 통화하지 않는 주말, 한주의 연락이 와 있지 않은 매일 아침. 한주의 빈자리를 실감하는 매 순간 마음속에서 무언가가 깨지는 소리가 났다. 한주와 함께한 추억들을 떠올리면 깨진 마음 조각들을 믹서기에 갈아 마시기라도 한 듯이 명치께가 따끔따끔했다. 한주와의 이별이 이토록 강력하게 마음을 쥐고 흔들 줄 알았다면, 사귀는 동안 틈틈이 예행연습이나 훈련이라도 해 둘 걸 싶었다.

그러나 머릿속 한편에는, 홀가분하다는 생각도 분명 있었다. 한주와 헤어져야 돌아갈 수 있을 것 같았다. 너무 낯설지 않은 자신으로. 예은 자신이 알던 예은으로.

아플 만큼 아팠다 싶던 어느 날, 예은은 마음을 다잡기 위해 다이어리를 펼쳤다. 이제 곧 6월이다. 6월 말에는 시험이 있다. 방치하다시피 한 공부를 다시 시작해야 했고 새로운 스터디 카페도 알아봐야 했다. 열여섯은 사랑 말고도 해야 할 일이 많았다. 다이어리를 훑어보던 예은은 불현듯 깨달았다.

잠깐만, 나 왜 생리를 안 하지? 이번 달 생리 예정일이 언제였더라?

*

"예은, 아직 화 많이 났어? 시래랑 화해 안 할 거야?"

수업이 끝난 뒤 가방을 챙기는데 종희가 다가왔다. 화라니, 화해라니. 무슨 말인지 이해하기까지 조금 시간이 걸렸다.

쉬는 시간마다 자리에 앉아 있었던 게 시래와의 싸움 때문이라고 오해를 산 듯했다. 그때 예은은 인터넷 검색에 집중하고 있었다. 스트레스가 심하면 생리 주기가 불규칙해지기도 한다는 산부인과 전문의들의 소견을 샅샅이 모아 캡처한 뒤 따로 폴더까지 만들어 둔 참이었다. 마음이 불안할 때면 폴더에 들어가 의사들의 딱딱하고 건조한 답변을 다시 읽어 보았다. 그러면 조금은 안심이 되었다.

"아까 쉬는 시간에 시래랑 화장실 갔는데, 자기가 말을 심하게 한 것 같다더라. 시래가 너 걱정해서 그런 거 알지?"

"종희야, 나 시래한테 화난 거 아니야. 시래랑 나는 화해하고 말고도 없어. 이러다가 금세 풀려."

"그래, 너희 그러는 거 하루 이틀도 아니고……."

"걱정해 줘서 고마워. 바쁜데 괜히 신경 쓰이게 해서 미안."

종희는 넷 중 성적이 가장 높다. 게다가 교내 대회, 교외 대회 가리지 않고 한꺼번에 대회를 몇 개씩 준비하느라 늘 바쁜 아이다. 그 와중에 자신에게 마음을 써 주는 게 고마웠다.

"힘들면 나한테 갠톡해. 다 들어 줄게. 알았지?"

예은은 종희에게 싱긋 웃으며 고개를 끄덕였다. 다 들어 줄 수 있다고? 정말로? 고마운 마음이 진짜인 것과 별개로 자꾸만 속이 꼬였다.

교문 앞에서 예은은 엄마에게 문자를 보냈다.

[엄마, 나 오늘 집에서 쉴게. 배가 좀 아파.]

잠시 후 답장이 왔다.

[생리통이야? 가서 찜질하고 누워 있어.]

나도 생리통이면 좋겠어. 예은은 그렇게 답장을 썼다가 지워 버렸다. 밖으로 나오지 못하는 말들이 쌓이자 매일 체한 듯 속이 더부룩했다.

집으로 가는 길에 올리브영에 들러 생리대를 구매했다. 이걸 부적처럼 들고 다니면, 조금이라도 빨리 생리가 시작되지 않을까 싶었다. 생리대 바로 옆에 임신 테스트기가 있었지만 교복 차림으로 살 엄두가 나지 않았다.

소파에 누워 휴대폰을 만지다가 까무룩 잠이 들었다. 한주의 카톡 프로필 사진과 SNS를 염탐하던 것이 마지막 기억이었다. 시간을 확인하려고 휴대폰 잠금을 풀었다. 미처 끄지 못한 한주의 사진이 보였다. 가슴이 또 철렁 내려앉았다. 엄마에게서는 부부 모임이 있어 늦을 거라는 연락이 와 있었다.

예은은 소파에서 스르르 일어났다. 거실이 어둑어둑했다. 꺼진 텔레비전 밑으로 인터넷 공유기의 파란 불빛이 깜빡깜빡 점멸했다. 아파트 단지 외벽을 타고 자동차 소리, 오토바이 소리가 멀게 들려왔다. 불 꺼진 저녁의 푸르스름한 아파트는 사람을 외롭게 만들었다. 종이에 먹이 스며들듯, 예은의 마음이 까맣고 차갑게 젖어 갔다.

예은은 충동적으로 시래에게 전화를 걸었다. 용기라기보다 확신에 기댄 행동이었다. 시래는 어떤 상황에도 자신을 혼자 내버려두지 않을 것이라는, 둘이서 켜켜이 쌓아 올린 시간이 만들어 준 확신이었다.

"여보세요, 최시래."

—응.

"나 좀 만나 줘. 할 말 있어."

─지금 어딘데?

"집인데 여기 있기 싫어. 밖에서 보자."

예은은 겉옷을 챙겨 도망치다시피 집을 나섰다.

놀이터 그네에 앉아 기다리고 있으니 시래가 멀리서 달려왔다. 뛰어올 것까진 없는데. 벌써부터 코끝이 찡했다. 시래를 보자마자 어리광을 부리고 싶었다. 예은은 시래의 허리를 끌어안았다.

행복과 불행에 매년 정해진 총량이 있다면 좋을 텐데. 지금까지 불행을 다 끌어다 썼으니, 남은 한 해 동안에는 행복한 일만 있으면 좋을 텐데. 등을 토닥여 주는 시래의 손길을 느끼면서 예은은 생각했다.

"아줌마랑 싸웠어?"

예은이 시래의 배에 얼굴을 묻은 채로 고개를 저었다.

"훨씬 심각한 일인데, 들어 줄 준비 됐어?"

"언제는 내가 준비 됐을 때만 말했냐? 그냥 말해."

시래가 옆쪽 그네에 털썩 앉았다.

"나 오빠랑 잤어. 저번에, 오빠 집에 놀러 갔을 때."

"뭐라고?"

"억지로 한 거 아니야. 내가 좋아서 했어. 근데 그 뒤로 계속 사이가 안 좋았어. 결국 오빠가 먼저 헤어지자고 하더라. 내가 너무 우울해하니까 옆에 있기 싫어졌나 봐."

"허, 진짜 미친놈이네."

시래는 조금의 머뭇거림도 없이 욕으로 받아쳤다. 낮에는 시래가 아무것도 모르면서 한주 욕을 하는 게 그렇게 듣기 싫더니, 모든 걸 알고 나서도 변함없이 한주 욕을 해 주니 그저 든든했다. 예은은 묵은 체증이 내려가는 기분이 들었다.

"시래야, 근데 나…… 생리를 안 해."

"야!"

시래가 벌떡 일어났다.

"소리 지르지 마. 나 울어서 머리 아파."

"왜 그걸 이제 말해!"

시래는 배구 선수가 스매싱을 날리듯이 예은의 등짝을 찰싹찰싹 때렸다. 웃어넘길 수 없을 만큼 따갑고 아파서 정신이 번쩍 들었다. 예은이 생존 본능에 가까운 판단으로 시래의 팔을 붙들었다. 동시에 시래가 예은을 잡아 일으켰다.

"생리할 때까지 물 떠 놓고 고사 지낼거야? 가자."

"어딜 가?"

"테스트기 사러 가자고."

"미쳤어? 우리가 그걸 어떻게 사."

"왜 못 사. 테스트기는 아무 데에서나 다 파는데."

"그러다 누가 보면? 소문이라도 나면 어떡해."

"그럼 계속 여기 앉아만 있겠다고?"

시래는 더 들을 것도 없다는 듯 예은의 손목을 잡고 질질 끌었다. 예은은 집에 들어가지 않겠다고 떼쓰는 강아지처럼 엉덩이를 뒤로 빼고 발뒤꿈치에 힘을 주며 버텼다.

한참 힘겨루기를 하다가, 어느 순간 시래가 힘을 풀고 자리에 우뚝 멈춰 서 버렸다. 그 바람에 예은은 엉덩방아를 찧었다.

"만약에 진짜 임신이면 어떡할 건데? 하루라도 빨리 알아야 할 거 아니야."

시래의 말에 예은은 심장이 바닥을 뚫고 떨어지는 느낌이 들었다. 막연하게 혼자만 상상하던 무서운 미래를 다른 사람의 입을 통해 구체적인 단어로 들으니 겁이 났다.

땅바닥에 패대기쳐진 예은에게 시래가 손을 내밀었다. 예은은 시래의 손을 잡고 일어났다. 시래가 아기를 대하듯 흙 묻은 예은의 엉덩이를 툭툭 털어 주었다.

"죄지은 것처럼 굴지 마. 너 아무 잘못 없어. 소문나는 게 정 무서우면 옆 동네 가서 사 오면 되잖아."

예은이 마지못해 고개를 끄덕였다. 시래는 곧바로 앱을 켜 택시를 불렀다.

"시래야, 너 진짜 언니 같아."

"이제 알았냐?"

시래는 하늘이 자신에게 내려 준, 후천적으로 발생한 언니가 확실하다. 예은은 단호하고 분명하고 결단력 있는 시래에게 자신이 줄곧 몸과 마음을 의지해 왔다는 걸 깨달았다. 이제는 기억도

가물가물한 코흘리개 시절부터.

"택시 잡혔다."

택시 안에서 시래는 예은의 손을 아주 꽉 잡아 주었다. 어찌나 힘이 센지 나중에는 피가 안 통해 손끝이 보라색이 될 지경이었다. 시래도 긴장하고 있는 것 같다고, 예은은 어렴풋이 느꼈다.

*

둘은 옆 동네의 영화관이 딸린 복합 쇼핑몰 앞에 내렸다. 시래는 영화관 옆에 붙어 있는 편의점에서 테스트기를 두 개 구매했다. 점장으로 보이는 중년 여자가 시래의 얼굴을 슬쩍 확인했지만 시래는 당당하게 행동했다. 고개를 숙이지도 않았고, 젤리나 과자 같은 걸 함께 사면서 테스트기를 은근하게 가리기 위한 노력도 하지 않았다. 덕분에 예은도 쪼그라든 어깨를 조금은 펼 수 있었다. 시래는 늘 말과 행동이 일치하고 앞과 뒤가 같다. 그것은 예은이 가장 좋아하는 시래의 면모였다.

"왜 두 개나 샀어?"

"두 번 하는 게 더 정확하겠지. 결과가 다르게 나오면 한 개 더 사면 되고."

얘는 이런 걸 어떻게 다 아는 걸까. 속으로 조금 놀라고 말았다.

예은은 시래에게 편의점 봉지를 건네받아 화장실로 들어갔다.

테스트기에 소변을 묻히는데 손이 달달 떨렸다. 표시선이 뜨는데에는 일 분이 채 걸리지 않지만 결과가 확정되기까지는 십 분정도 기다려야 한다는 안내 문구가 박스에 쓰여 있었다. 십 분. 예은에게는 무한에 가까운 시간이었다.

문밖으로 사람들이 오가는 소리가 들렸다. 휘잉…… 핸드 드라이어가 세 번쯤 돌아갔다. 어린 시절 최초의 기억부터 화장실 변기에 앉아 있는 현재 그리고 이 현재로부터 뻗어 나갈 두 갈래의 전혀 다른 미래까지, 그 모든 시간이 페이스트리의 단면처럼 테스트기 시약선 위로 쌓여 갔다.

잠깐 한주가 보고 싶어지기도 했지만, 그 마음은 이내 싹 사라져 버렸다. 서로 좋아서 한 일인데 걱정과 불안은 오로지 자신만의 것이라니 불공평했다. SNS를 통해 누구보다 잘 지내고 있는 한주의 모습을 보고 난 이후라 더 괘씸하고 화가 났다.

그사이 나온 결과는 두 개 모두 한 줄. 비임신이었다.

예은은 테스트기를 검은색 편의점 봉지에 넣고 묶은 뒤 쓰레기통 깊숙한 곳에 쑤셔 넣었다. 다시는 경험하고 싶지 않은 종류의 불안이었다. 그러고는 가붓하게 밖으로 나와 초조한 표정으로 서 있는 시래에게 천천히 고개를 저었다.

"아니래."

허리를 굽혀 손을 씻는 예은의 뒤통수에 시래가 가만히 손바닥을 올렸다. 시래의 손이 무척 차가웠다. 혹은 예은의 두피가 뜨거운 것일지도 몰랐다.

"고생했다."

"아니야. 같이 와 줘서 고마워."

코가 막혀 맹맹한 목소리가 나왔다. 시래의 굳은 얼굴에도 서서히 혈색이 돌았다. 긴장이 풀려서인지 배가 고프다는 말이 두 사람의 입에서 거의 동시에 터져 나왔다. 둘은 분식점에 들러 떡볶이에 순대까지 야무지게 사 먹었다.

돌아오는 길에는 버스를 탔다. 버스 안 공기가 후덥지근했다. 한주가 처음 말을 걸었던 만우절이 엊그제 같은데 어느덧 여름에 접어들고 있었다. 물리적인 시간과는 상관없이 어떤 시간은 한 시절이나 세월이라고 말해도 좋을 만큼 밀도 있게 흘러간다는 걸, 예은은 몸소 체험하는 중이었다.

예은이 손가락 한 마디만큼 창문을 열어 밤바람을 쐬었다. 그때 시래가 예은에게 이어폰 한쪽을 건넸다. 최근에 본 영화 OST 앨범이라고 했는데 재생되는 곡마다 죄다 시끄러운 록 장르였다. 사실 예은의 음악 취향은 발라드지만, 오늘은 시래가 헤비메탈을 들려주며 "잔잔하고 좋지?"라고 물어본대도 그렇다고 대답할 것이었다.

집까지 몇 정거장 남지 않았을 때 시래가 입을 열었다.

"근데 하나만 물어봐도 되냐? 했을 때…… 좋았어?"

"솔직하게 말해?"

"응."

"좋던데."

잠시 후, 시래는 진저리 치듯 고개를 세게 흔들었다. 아무래도 상상하고 싶지 않은 장면이 절로 상상된 모양이었다. 자기가 물어봐 놓고 왜 저래. 예은도 창밖으로 고개를 돌려 버렸다.

좋았다는 말은 진심이다. 좋은 것은 좋은 것으로 남겨 둘 생각이다. 한주는 예은의 모든 처음이었고, 그건 사는 동안 변치 않을 테니까.

한주를 좋아했다. 한주의 시원한 미소를. 한주의 담백한 유머를. 한주의 세심한 기억력을. 자신에게 잘 보이고자 애쓰던 그 모든 순간의 순수한 거짓말들을. 좋은 것은 좋은 것. 누구도 훼손할 수 없을 것이다. 기억의 주인인 예은조차도.

집으로 돌아왔을 때, 예은은 비로소 지구 반대편에서의 긴 여행을 끝내고 귀가한 기분이 들었다. 머리는 묵직하고 온몸의 관절이 비명을 지르는 것처럼 쑤셨지만 무사히 돌아왔다는 생각에 마음이 풀어져 노곤했다.

뜨거운 물로 오래오래 샤워를 했다. 수건으로 젖은 몸을 닦는데, 검붉은 피가 묻어 나왔다. 예은은 어이가 없어 웃음을 터뜨렸다. 더도 덜도 말고 반나절만 일찍 나왔으면 좋았을 것이다. 그럼 죽을 때까지 이 일을 혼자만의 비밀로 간직할 수 있었을 텐데.

그렇게 후회하다가, 예은은 곧 마음을 고쳐먹었다. 시래에게 말하길 잘했다고. 너는 죄지은 게 아니라고, 누구에게도 잘못한 게 없다고 분명하게 말해 주던 시래가 분명하게 힘이 되었으니까.

낮에 올리브영에서 산 생리대를 차고 머리카락까지 꼼꼼히 말렸다. 그러고는 침대에 벌러덩 누웠다. 오늘은 기절하듯 잘 수 있을 것 같았다.

그때, 시래에게 전화가 왔다.

─오늘 고생했어. 다른 애들한테는 말 안 할 거니까 걱정하지 말고.

"응. 근데 시래야, 황당한 거 말해 줄까? 나 방금 생리 터졌다?"

욕이라도 시원하게 할 줄 알았는데 시래는 의외로 덤덤했다.

─긴장이 풀려서 그런가? 하여튼 여자 몸은 진짜 지랄 맞은 것 같아. 스트레스 때문에 생리 안 하고, 생리 안 하면 또 스트레스받고, 생리 안 하는 게 스트레스니까 스트레스 안 받으려고 노력해야 하는데 그러면 또 스트레스받잖아.

"그러게 말이야. 근데 나 생리 시작하니까 귀신같이 단 게 당겨. 초코빙수를 한 1톤 정도 퍼먹고 싶은 기분이야. 주말에 먹으러 갈까?"

시래가 잠시 뜸을 들였다.

─……우리 내일 학교에서 만들어 먹을래?

"엥?"

―잠깐만 끊어 봐.

전화가 툭 끊겼다. 잠시 후, 넷이 모여 있는 단톡방에 메시지가
떴다. 시래였다.

[우리 내일 점심시간에 초코빙수 만들어 먹자.]
[웬 초코빙수? 어디에다, 어떻게 만들어 먹게?]
[내가 양푼이 가져 갈게. 어때?]
[좋다! 내일 한번 먹고 죽어 보자.]
[말투 뭐야. 아저씨 같아, 전종희.]

시시껄렁한 대화가 새벽까지 이어졌다. 순일중학교 양푼이 클
럽의 역사가 꿈틀거리기 시작한 그 밤, 가장 먼저 곯아떨어진 사
람은 예은이었다.

보민의 달콤쌉싸름한 초콜릿과 얼룩말

"우유 먼저 부어? 아님 아이스크림 먼저 깔아?"

"순서가 상관있을까? 그냥 한꺼번에 붓자."

"전종희! 바닥에 초코볼 다 떨어지잖아. 똑바로 들어."

"아, 안 죽어. 대충 털어서 먹어."

점심시간, 책상 네 개를 이어 붙여 조리 테이블을 만들 때까지만 해도 넷은 무척 들떠 있었다. 오늘 급식이 로제떡볶이와 참치 주먹밥인데도 포기했을 정도였다.

"너희 왜 밥 안 먹어?"

"꼭 해야 할 일이 있거든."

"해야 할 일? 뭔데?"

"……비공식 활동이라 말 못 해 줘."

넷이 동시에 손을 휘젓자 반 아이들도 더는 묻지 않고 교실을 빠져나갔다. 빈 교실에 넷만 남았다. 각자 준비해 온 토핑들을 책상에 와르르 올려 두었다. 웃음소리가 폭죽처럼 터져 나왔다.

가장 먼저 시래가 편의점에서 사 온 바닐라아이스크림과 간 얼음을 양푼이에 깔았다. 그때까지는 성공할 줄 알았다. 그런데 연유와 우유, 시리얼과 초코볼, 빼빼로와 마시멜로 그리고 초코시럽을 그 위에 한꺼번에 쏟아부으니…… 빙수라기보다 음식물쓰레기를 한데 모아 놓은 모양새가 되고 말았다. 탁하고 걸쭉한 초코 국물 사이로 흰 마시멜로가 둥둥 떠다니는 모습을 내려다보는 넷 중 그 누구도, 쉽게 수저를 들지 못했다.

"누가 먼저 먹을래?"

시래가 물었다. 그렇게 말하니까 꼭 벌칙 같잖아. 타박하는 종희도 숟가락을 들지 않는 건 마찬가지였다.

"내가 먹어 볼게. 나 지금 생리 중이라 이거라도 먹고 싶어."

예은이 호기롭게 말했다. 그런 다음 숟가락으로 마시멜로와 초코볼을 크게 떠 한입에 넣었다. 바삭거리는 초코볼과 이에 들러붙는 마시멜로의 식감이 전혀 조화롭지 않았지만, 의외로 찬 우유가 부조화를 중화시켰다. 예은은 눈을 동그랗게 뜨고 "맛있어!"라고 외쳤다.

"그래? 그럼 나도 먹을래."

다음으로 양푼이에 숟가락을 담근 건 보민이었다.

스포츠처럼 음식에도 각자의 능력이 최대한으로 발휘되고 인내의 한계치가 높은 종목이 사람마다 따로 있다면, 보민의 주 종목은 단연 디저트다.

보민은 입속을 꽉 채우는 꾸덕한 초콜릿 맛을 세상 무엇보다 사랑했다. 입에서 부르르, 하고 사라져 버리는 푸딩이나 생크림도 사랑했다. 상큼한 동시에 느끼해서 크게 취향을 타는 시트러스크림도 무한대로 먹을 수 있을 만큼 사랑했다. 한마디로, 보민은 디저트계의 올라운드형 인재였다.

보민은 디저트를 먹고 나면 자신의 마음이 한없이 너그럽고 따뜻해지는 것을 느꼈다. 다른 아이들을 살피고 배려할 여유도 생겼다. 언제나 보민의 몸과 마음에 달콤한 사랑이 넘치는 것은 그래서였다.

"으으, 나 너무 행복해. 우리 이거 계속 만들어 먹자."

눈을 꼭 감은 보민이 흐물거리며 말했다. 모닥불에 구워진 마시멜로 같은 표정이었다. 그 표정을 신호탄으로 아이들은 양푼이를 가운데에 두고 자리를 고쳐 앉았다. 그리고 전투적으로 빙수를 먹기 시작했다. 양푼이가 밀리지 않도록 고정한 채 가장 야무지게 손을 놀리는 사람은, 역시 보민이었다.

"보민아, 너 계정은 잘 운영하고 있어?"

예은이 볼을 오물거리며 물었다.

"오늘 아침에 확인했을 때는 팔천칠백오십사 명. 근데 엊그제는 서른 명이 한꺼번에 언팔을 한 거야. 일주일째 뭐 올린 게 없는데! 아무것도 안 했는데! 나는 내가 무슨 실수라도 한 줄 알고 얼마나 놀랐다고."

보민은 그날그날 먹은 디저트를 올리는 트위터 계정을 운영하고 있다. 시래는 SNS를 하지 않는다. 종희는 인스타그램 계정만 있고 활동하지 않는 유령 유저다. 예은은 인스타그램과 틱톡에서만 활발히 활동한다. 즉, 셋 중 누구도 보민의 트위터 계정을 보지 않았다.

하지만 보민은 그 사실이 섭섭하기는커녕 늘 다행이라고 생각했다. 트위터 속의 자신과 친구들 사이에서의 자신은 꽤 달랐다. 트위터에서는 더 발랄하고 과감한 말투로 음식 맛을 평가하고, 필요하다면 혹평도 아끼지 않는다. 온라인상에서만 할 수 있는 말과 보여 줄 수 있는 모습, 보민은 그것을 누구보다 잘 활용했다.

보민은 자신의 자아가 두 개로 분리되는 일이 즐거웠다. 두 세계 모두에 속해 있거나 반대로 어디에도 속하지 않은 느낌, 휴대폰이라는 작은 포털을 이용해 이 세계에서 저 세계로 가뿐히 넘어가는 느낌. 각기 다른 감각이 알게 모르게 현실의 보민이 더 단단해질 수 있도록 용기를 주었다.

"일주일째 아무것도 안 올리니까 언팔 했겠지. 그렇게 게으르게 운영해서는 그쪽 세계에서 살아남지 못할 거라고요."

평생 트위터 계정을 만들어 본 적도 없는 시래가 거드름을 피웠다. 초반부터 무리한 탓에 일찍이 배가 불러진 예은은 숟가락을 내려놓은 채 무언가를 곰곰이 생각하고 있었다. 그러다 별안간 큰 눈을 반짝 빛내며 입을 열었다.

"보민, 트위터에 이 양푼이 시리즈 계속 올려 봐."

"입맛 떨어지는 모양새라고 언팔 하면 어떡하지?"

보민이 순순한 말투로 시래나 할 법한 말을 했다.

"다음에는 업로드할 거 생각해서 좀 예쁘게 만들면 되지. 매일 토핑을 다르게 해서 올리면 사람들이 보는 재미도 있을 것 같고, 너도 계정 키우기 좀 수월하지 않겠어?"

"그래 볼까? 안 그래도 맨날 뭐 올려야 할지 고민하느라 머리다 빠지겠어."

보민은 똑같은 초코아이스크림을 67일간 먹은 전적이 있을 정도로 한번 좋아하는 음식이 생기면 우직하게 외길만 팠다. 종희가 그런 보민을 가만히 지켜보다가 "뭐랄까, 너는 좀 조용하게 위험한 것 같아"라고 말한 적도 있다.

"뭐가? 난 이 아이스크림 100일도 더 먹을 수 있어."

그때 보민은 자신만만하게 웃었다.

그러나 철마다 유행하는 디저트를 먹고, 편의점 신상품을 제일 먼저 리뷰하고, 비싸고 유명한 카페를 전국 단위로 순회하는 성인들의 계정 사이에서 똑같은 아이스크림만 100일간 올리는 계정이 살아남기 쉬울 리 없었다. 중학생 신분으로는 금전적으로나 시간적으로나 계정을 키우는 데 한계가 있었다. 그것이 최근 보민에게 있어 가장 큰 고민이었는데, 때마침 예은이 좋은 아이디어를 던진 것이다.

"트위터에서 유행하는 레시피로 기업들이 메뉴 개발하기도 하잖아. 보민이도 SNS 계정 하나 잘 굴려서 떼돈 버는 거지."

"유명한 계정은 그 자체로 돈이라며. 나중에는 계정도 확 팔아 버리자."

"보민이가 저렇게 애정을 가지고 운영하는 계정을 팔라는 소리가 나오냐? 하여간, 최시래는 감정 없는 로봇이야."

와글와글 들뜬 아이들 덕분에 보민도 가슴이 부풀었다. 보민은 핀터레스트에 접속해 요즘 유행하는 과일빙수 사진을 찾아보고 괜찮은 것들을 차곡차곡 저장해 두었다.

그러다 보니 어느덧 반 아이들이 급식을 먹고 반으로 돌아올 시간이었다. 넷은 책상을 원래 자리에 돌려놓았다. 얼마 남지 않은 빙수는 예은이 싹 긁어 먹었다. 양푼이는 물기를 잘 닦아 시래의 사물함에 넣어 두었다.

"내일은 더 예쁘게 만들어 보자. 과일도 넣어서."

보민의 말에 아이들이 고개를 끄덕이며 흩어졌다.

양푼이빙수는 모양새뿐만 아니라 맛도 서서히 갖춰져 갔다.

"확실히 피넛버터를 넣으니까 맛이 풍부해진 것 같아. 그치?"

"누텔라보다 이게 훨씬 맛있다."

시행착오를 거쳐 너무 달지도 느끼하지도 않은 초코빙수를 만들 수 있게 되었다. 보는 눈을 최대한 피하기 위해 빙수를 만드는 장소도 학교 별관 다목적실로 옮겼다. 급식을 최대한 빨리 먹고 다목적실에서 2차전을 시작했는데, 직전에 밥을 먹었다는 게 믿기지 않을 정도로 네 명 모두 양푼이빙수를 싹싹 긁어 먹었다.

근데 우리 점점 살찌는 거 같지 않냐. 맨 먼저 위기를 감지한 건 예은이었다. 넷은 예은의 주도하에 다목적실 한 벽면을 차지한 대형 거울 앞에 일렬로 서 보았다. 며칠 전보다 반들반들해진 서로의 얼굴을 살펴보고 있을 때였다.

누군가가 문을 열고 들어왔다.

"깜짝이야! 선생님인 줄 알았잖아."

같은 반 한유리였다. 유리는 보민과 같은 종합 학원에 다닌다. 보민이 연결 고리가 되어, 현장 학습이나 체육 대회 때 간간이 다섯이 함께 밥을 먹기도 했다. 그러나 그 이상으로 가까워지지는 않았다.

유리는 좀처럼 속을 알 수 없는 아이였다. 자기 자신에 관한 정보는 과하다 싶게 말을 아꼈다. 참 비밀이 많단 말이지. 유리와 밥을 먹고 나면 시래는 꼭 그렇게 말하곤 했다.

"너희 뭐 해?"

"음, 클럽 활동?"

예은이 답했다. 우리 요즘 여기서 빙수 만들어 먹거든. 너도 와서 먹어 봐. 보민이 설명을 덧붙이자 유리는 그제야 이해가 간다는 듯 고개를 끄덕였다. 매일 급식실을 시끌벅적 시장통으로 만들던 넷이 요 며칠간 밥만 먹고 휙 사라지는 게 수상하던 참이라고, 혼잣말하듯 한마디 더했다.

"너희끼리 이런 깜찍한 짓을 벌이고 있었다는 거야?"

유리가 장난스럽게 눈을 흘겼다.

"소문나면 곤란해질 것 같아서 그랬지. 일단 앉아 봐. 먹다 남은 거라 모양이 별로긴 하지만, 맛은 내가 보장할게."

예은이 유리에게 숟가락을 건넸다. 아이들은 신제품 개발 회의에 참석한 요식업계 직원처럼 설렘 반 긴장 반으로 숨을 죽인 채유리를 바라보았다. 잠시 머뭇거리던 유리가 빙수를 조그맣게 한숟갈 떠서 초코볼과 함께 우물우물 씹었다. 그러고는 다시 고개를 작게 끄덕였다.

"이거 누가 먼저 하자 그랬어? 보민이 아이디어지?"

학원 쉬는 시간이 되면 편의점으로 달려가 간식을 사 먹는 보민을, 유리는 늘 흥미롭게 바라보았다. 아무리 생각해도 너는 학원 아래층에 있는 제과 제빵 학원에 다니려다 여기에 잘못 등록한 게 맞아. 유리가 보민에게 농담 삼아 종종 던지는 말이었다.

"내 아이디어는 아닌데 지분이 좀 커. 사진 찍어서 내 트위터 계정에 올리고 있거든."

"너 트위터 해?"

유리가 눈을 동그랗게 뜨고 물었다. 보민이 고개를 끄덕이자 유리는 자기도 트위터를 한다고, 보민의 계정을 구독하고 싶다고 말했다. 잠시 고민하던 보민이 아이디를 가르쳐 주며 되물었다.

"네 계정은 뭐야? 맞팔 하자."

"내 건 그냥 구독용 계정이라 볼 거 없어. 나만 너 구독할게. 그래도 되지?"

유리가 빠르게 덧붙였다. 방금 유리의 말투와 표정이 부자연스러웠다는 것을, 자리에 있는 모두가 느끼고 있었다. 유리는 청소용품을 가지러 온 것이라며 청소 도구함을 한 번 열어 보고는 반으로 가 버렸다.

*

6월 중순이 지나자 본격적인 시험 기간에 들어서면서 반 분위기가 차분하게 가라앉았다. 달달달 돌아가는 낡은 선풍기 소리나 사각거리는 샤프 소리, 팔랑거리는 문제집 소리만이 교실 안에서 작은 백색 소음을 만들어 내고 있었다. 그것을 배경 삼아 아이들은 단어를 외우고 인터넷 강의를 들었다.

교실 맨 뒤에 놓인 키다리 책상은 새로 오픈한 카페만큼 경쟁이 치열했다. 가끔 일어선 채로 조는 아이들이 있었고, 누군가가 무심코 뒤를 돌아보다 그 광경을 목격하면 키득키득 웃으며 사진으로 찍어 남겼다.

역대 조선 왕의 계보라거나 주기율표의 원소 기호, 혹은 살면서 단 한 번도 쓸 일이 없을 것 같은 괴상한 영어 단어 따위는 각자 외우는 방식과 그 효과가 다 달랐다.

"칼프릿, 범죄자, 칼프릿, 범죄자……. 범죄자는 칼 뿌리는 사람, 칼프릿."

덕분에 교실에는 이따금 일부러 만들라고 해도 어려울 법한 문학적이고 창의적인 표현들이 둥둥 떠다녔다.

양푼이 클럽은 일시 중단 상태였다. 밤새 영화를 봤다면서 코를 골며 자는 시래를 제외하고 종희와 보민, 예은은 점심시간에도 자습에 매진했다.

"우리가 곧 고등학생이 된다니 세월 빠르다."

"초등학생 때 기억이 이제 가물가물한 것 같아."

넷이서 떠드는 대화의 양이 점점 줄어들고 질도 확연히 나빠졌다. 언젠가부터는 서로 얼굴을 보면 팔순이나 구순을 앞둔 노인처럼 한탄만 했다. 물론 상황극에 가까운 농담이었지만, 그런 말을 내뱉을 때는 십 대 후반으로 달려가고 있다는 사실이 은근히 자랑스러웠다.

"뜯어 먹는 영단어, 갈아 마시는 고사성어, 쏙쏙 골라 먹는 과학용어……. 먹을 게 없어서 이런 걸 먹냐."

시래가 보민의 책상 위에 놓인 문제집들을 뒤적거리며 마치 남일인 양 말했다. 그러게, 세상에 맛있는 게 얼마나 많은데 이런 걸 먹으래. 보민이 비스킷을 입에 넣으며 맞장구를 쳤다.

학원에서 받아 온 문제집과 프린트물이 책상 귀퉁이에 벽돌처럼 차곡차곡 쌓여 갔다. 가끔 그걸 베개 삼아 쪽잠을 잤다.

동네에서 멀리 떨어진 학원을 다니는 사람은 보민 혼자였다. 보민의 엄마는 제비가 박씨를 물어 오듯 매일 어디선가 공부와 입시에 관한 정보를 물어 왔다. 보민은 그런 엄마의 말에 고분고분 따르는 성실한 딸이었다.

금요일 하굣길, 교정을 빠져나가고 있는데 누군가가 뒤에서 숨찬 소리로 보민을 불렀다.

"손보민!"

뒤를 돌아보니 한유리였다. 보민은 체육 시간을 제외하고 유리가 달리는 것을 처음 보는 것 같다고 생각했다.

"학원 가는 거지? 같이 가자. 너 이번 주말에 학원 보충 와?"

"수학이랑 영어 들으러 가야 해."

"잘됐다. 나도 보충 있거든."

보민은 최근 유리가 유난히 자신에게 살갑게 군다고 느꼈다. 유리와는 학기 초반에 하굣길을 함께하고 저녁도 같이 먹곤 했다. 순일중에서 그 학원에 다니는 학생은 보민과 유리 단 둘뿐이었기 때문이다.

하지만 어느 날, 유리가 저녁은 집에서 따로 먹겠다고 말하면서 그 시간은 끝이 났다. 보민은 그것이 유리가 자신에게 선을 긋는 방식이라고 생각했다. 그래서 유리와 늘 적절한 거리를 유지하려 노력했다. 보민은 남이 그어 놓은 선을 함부로 넘는 아이가 아니었다. 밀면 미는 대로 끝도 없이 물러나는 타입에 가까웠다.

"주말에 보충 끝나고 같이 공부할래?"

보민이 조금 놀란 눈으로 고개를 끄덕였다. 이미 끈끈하고 안정적으로 형성된 무리가 있기에 보민은 친구를 늘리는 일이 그다지 절실하지 않았다. 그래서인지 유리에게 벽을 느꼈을 때도 크게 서운하지는 않았다. 그러나 한유리 같은 애가 먼저 다가와 주는 일은, 단순히 친구를 늘리는 것과는 전혀 다른 의미였다.

한유리 같은 애. 순일중 3학년이라면 누구나 고개를 끄덕일 만한 표현이다. 유리는 쉽게 범접할 수 없는 분위기를 가진 아이다. 교복은 늘 빳빳하게 다려져 있으며 들고 다니는 가방과 신발은 똑같이 또래 사이에 유행하는 디자인이라 할지라도 브랜드의 이름값이 달랐다. 마른 몸과 요철 없이 매끈한 피부, 모나지 않고 조화로운 이목구비는 멀리서도 시선을 잡아끈다.

그러나 그런 외면이 유리가 가진 전부는 아니다. 유리는 특정한 무리와 뭉쳐 다니지 않고 남자인 친구에게도, 여자인 친구에게도 친절하되 그 누구도 특별하게 여기지 않았다. 모둠 활동이나 체험 학습같이 누군가와 짝을 지어야 하는 순간이 오면 보통 아이들은 불안과 기대를 담은 눈으로 자신의 무리와 눈빛 교환을 한다. 우리는 우리끼리야, 알지? 하는 초조한 눈빛. 그 눈빛이 유리에게는 없다. 유리는 고독한 호랑이처럼 자신만의 영역이 확실했다.

"네 계정 인기 많더라. 다들 너 되게 귀여워하던데?"

그런 유리가 보민에게 성큼성큼 다가오고 있었다. 보민이 유리의 칭찬을 듣고 쑥스러운 듯 시선을 발끝으로 내렸다.

"어젯밤에 네 계정 정주행하느라 늦게 잤어. 오늘 단어 시험 망치면 네 탓이다."

그러면서 유리는 장난스럽게 보민의 어깨를 툭 밀었다. 상큼한 미소가 사랑스러웠다. 얘는 마음만 먹으면 원하는 사람과 원하는 만큼 가까워질 수 있는 아이구나. 유리에게는 관계의 주도권을 단단히 쥔 사람 특유의 여유가 있었다.

"근데, 악플은 너무 신경 쓰지 마. 너 안 뚱뚱하니까."

유리가 보민에게 팔짱을 끼며 말했다.

"뭐?"

"그런 인용 글들 있었잖아. 이 계정 주인은 틀림없이 돼지일 거라는 둥, 살찌는 음식만 골라 먹는다는 둥. 근데 내가 보기엔 너 별로 안 뚱뚱하거든. 사람들은 알지도 못하면서 함부로 말하길 좋아하지."

보민은 고장 난 로봇처럼 팔다리를 삐그덕삐그덕 움직이면서 태연하게 보이려고 애썼다.

너 별로 안 뚱뚱하거든.

기분이 상하는 게 당연한 말인지 아닌지 헷갈렸다. 얘는 도대체 무슨 의도로 이런 소릴 하는 거지?

유리를 흘끗 보았다. 더없이 온화한 유리의 표정은 보민을 한층 더 혼란스럽게 했다.

"잠깐만."

유리가 자리에 멈춰 섰다. 그러더니 주머니에서 머리끈을 꺼내 머리카락을 천천히 고쳐 묶었다. 향수 냄새인지 샴푸 냄새인지 모를 싱그러운 튤립 향이 은은하게 보민의 코끝을 감돌았다. 비싸고 좋은 화장품을 쓴다는 것을 향기만으로도 알 수 있었다.

문득 보민은 자신의 집 욕실에 놓인 한방 샴푸를 떠올렸다. 명절 때 선물 받은 것으로 가족 중 누구의 취향도 아니었으며 보민의 취향은 더더욱 아니었으나, 달리 불만이었던 적도 없는 그 샴푸를. 그리고 유리에게 기가 죽었다. 기가 죽어서, 하지 않아도 될 말을 했다.

"틀린 말도 아니지. 안 그래도 나 요즘 살쪘어. 완전 돼지야."

"양푼이빙수인가 뭔가 그거 때문이야. 아마 2,000칼로리도 훨씬 넘을걸? 그런 거 계속 먹으면 턱이랑 팔뚝에 진짜 안 예쁜 살 붙어. 조심해."

"어떻게 알았어? 나 요즘 턱이랑 팔뚝에 지방이 막 붙는 게 느껴져. 양푼이 때문에 살찐 거 맞는 것 같아."

의지와는 다른 말들이 너무도 쉽게, 줄줄이 쏟아져 나와 보민을 당황스럽게 했다. 친구들과 함께 양푼이빙수를 만들어 먹는 것은 인생에서 손꼽히게 즐거운 시간이다. 그 시간을 유리 앞에서 이렇게 깎아내리고 싶지 않았다. 그러나 지금은 우리의 양푼이가 얼마나 특별하고 소중한 것인지 이야기하기보다 유리의 말에 동조하는 편이 더 자연스러운 흐름처럼 느껴졌고, 보민은 그 흐름을 따랐다.

"늦기 전에 다이어트 해. 나도 다시 시작할 거야."

"네가 다이어트를 한다고? 너 원래 마른 체질인 줄 알았는데."

그러자 유리가 서늘한 눈빛을 했다.

"뭐래. 원래 마른 체질이 어디 있어?"

유리는 하루에 500킬로칼로리 미만으로 먹는 것이 자신의 철칙이라고 했다. 500킬로칼로리. 보민이 좋아하는 프랜차이즈 카페의 조각 케이크가 딱 517킬로칼로리였다. 물론 유리는 조각 케이크 같은 디저트는 입에도 대지 않는다고 했다.

유리는 사과 한 조각, 견과류 한 줌, 200밀리리터짜리 무지방 우유 한 팩, 큐브 모양 에멘탈치즈 한 조각을 하루에 여러 번 나누어 아주 천천히 섭취한다고 했다. 그리고 뜨거운 물을 매일 3리터 이상 먹으면서 주린 배를 달랜다고 말했다.

주말 내내 유리와 붙어 있으면서, 보민은 유리의 말이 거짓이 아니라는 걸 알게 되었다. 유리의 식사량은 사람의 것이라기보다 햄스터의 것에 가까웠다. 솔직히 말하면, 보민은 그런 유리가 무서웠다. 다이어트를 향한 강한 집념이 오싹했다. 음식을 거부하는 눈빛이 껄끄러웠다.

"사실 그날 너희가 준 빙수, 화장실 가서 바로 토했어."

"너 그렇게까지 안 해도 충분히 날씬해, 유리야."

실은 그 모든 감정보다도 걱정이 앞섰다. 밥을 잘 먹는 일은 잠을 잘 자는 일과 다르지 않고, 그런 당연한 일이 네게 단죄나 징벌이 되어서는 안 된다고 말해 주고 싶었다. 그런데 자신의 입에서 나온 말은 "충분히 날씬하다"였다. 걱정에서 비롯된 말이었지만 그런 평가조차 유리를 더 옥죄기만 할 뿐이라는 사실을, 보민은 시간이 한참 지나고 나서야 알게 되었다.

"충분하긴, 더 빼야 해. 38킬로그램이 목표인데 아직 한참 멀었어."

"진심이야? 그거 나 초등학교 3학년 때 몸무게야."

"넌 어차피 이해 못 해, 우리 같은 사람들."

주말 자습이 끝나고 학원을 나서면서, 유리는 그렇게 말했다. 우리 같은 사람들. 너와 난 다르다고 선을 긋는 것 같았다. 보민은 유리가 그은 선 밖으로 또 한 번 밀려났다.

유리가 말하는 '우리 같은 사람들'이 트위터에 모여 있다는 걸 예전부터 알고는 있었다. 죄다 또래 아이들. 허기를 느끼는 자신을 혐오하고, 500킬로칼로리 이상 섭취한 날에는 스스로를 학대하듯 몸을 움직이고, 폭식한 후에는 식도에 손가락을 집어넣어 '먹토' 하는 아이들. 앙상한 뼈마디를 갖기 위해 일주일을 생으로 굶는 아이들. 절식과 폭식과 거식을 반복하다 결국 병원에 입원하고 마는 아이들.

넌 조용하게 위험한 것 같아.

언젠가 종희가 했던 말이 절로 떠올랐다. 그곳에는 종희의 표현처럼 조용하게 위험에 빠진 사람들이 한가득 있었다. 너무 조용해서 아무도 그곳에 사람이 갇혀 있는지 모르는, 심지어는 갇힌 사람조차 그 사실을 잊어버린 지 오래인 바로 그곳에.

집으로 돌아온 보민은 깊은 밤까지 그 아이들의 계정을 천천히 살펴보았다. 그들은 모두 보민 같은 아이들을 미워하고 한심하게 여겼다. 식욕 하나 스스로 제어 못 하는, 퉁퉁 부은 몸으로 단 음식에 중독된 머저리들이라고. 그들의 '뚱뚱'한 몸집을 보면 '자극'을 받는다고. 저렇게 살지 말아야지 싶어 '동기 부여'가 된다고.

글을 읽을수록 심장이 가파르게 뛰었다. 내가 불특정 다수에게 미움과 조롱을 받는 캐릭터였다니, 전혀 모르고 있었다. 자신 같은 사람을 싸잡아 싫어하는 집단이 있다는 사실 자체가 견디기 힘들었다. 가능한 한 누구에게도 미움받지 않으려고 평생을 노력하며 살아왔으니까.

보민은 검색을 멈추고 자신의 계정으로 돌아갔다. 사람들이 자신이 올린 글에 어떻게 반응했는지 다시 찬찬히 읽어 보았다. 언제나 잘 챙겨 먹는 게 귀여워요, 디저트들이 하나같이 아기자기해요, 친구들끼리 모여 양푼이빙수를 먹는 걸 보니 저도 중학생 때로 돌아가고 싶어요······. 힘이 되는 응원과 따뜻한 반응 들이 대다수였다.

그때 어떤 인용 글 하나가 보민을 비끄러맸다.

이렇게 먹으면 살 안 찌나? 솔직히 이 계정주 얼마나 뚱뚱할지 상상이 감. 의자에 앉기도 힘들 것 같음.

이 글이 유리가 보았다는 글일까. 사실이 아닌 말인데도 그냥 지나칠 수 없었다. 아니, 사실이라고 해도 얼굴도 모르는 사람에게 이런 말을 들을 이유는 없다. 어떤 사람은 타인을 이토록 쉽게 할퀸다. 그 사실이 보민을 가장 아프게 했다.

어느덧 방이 푸르게 물들었다. 창밖으로 동이 트는 게 보였다. 하룻밤 사이 자신을 이루고 있던 많은 것이 변해 버렸다는 걸, 결코 그전으로는 되돌아갈 수 없다는 걸 보민은 조용히 감지하고 있었다. 누군가가 보민의 마음을 숟가락으로 숭덩숭덩 덜어 가 버린 탓에 마음속에 움푹한 구멍이 생겼다. 그 구멍은 달콤한 초콜릿이나 양푼이빙수 따위로 메울 수 있는 것이 아니었다.

삼십팔⋯⋯. 보민은 유리의 목표라는 몸무게를 낮게 읊조려 보았다. 그 현실감 없는 숫자를 입으로 뱉고 귀로 들으니 절실하게 갖고 싶어졌다. 왜 갖고 싶은지도 모르는 채로.

*

그러나 당장 점심시간부터 문제였다. 아이들은 보민을 가만히 내버려두지 않았다.

"보민아, 너 아파? 오늘따라 왜 이렇게 깨작거려?"

보민이 평소 식사량의 반도 먹지 못하고 있다는 걸 가장 먼저 알아차린 사람은 종희였다.

"좀 체했어."

"시험의 압박감이 얼마나 심한지 세상이 좀 알아줘야 하는데. 우리 강철 위장 보민이가 체할 정도라니."

강철 위장. 예은의 장난기 어린 말이 보민의 심기를 건드렸다. 평소라면 대수롭지 않게 넘겼을 농담에도 신경이 바짝 곤두서는 건, 실제로 자신 같은 아이를 조롱하는 사람들이 있다는 걸 알게 되었기 때문이다.

보민은 자신의 식판을 바라보면서 머릿속으로 칼로리를 계산했다. 대략 300킬로칼로리 정도 먹은 것 같다. 저녁까지 내리 굶다가 사과 한 알로 저녁 식사를 대신한다면, 오늘은 500킬로칼로리 미만으로 먹을 수 있을 것이다.

"많이 아프면 보건실 가서 약 먹어. 바보같이 참지 말고."

시래도 거들었다. 그러나 보민은 점심을 먹는 둥 마는 둥 하고는 학교가 끝날 때까지 무엇도 더 먹지 않았다. 화장실만큼이나 자주 가던 매점도 들르지 않았다. 밤을 새우고 밥까지 제대로 먹지 않아서 그런지 온종일 세상이 빙빙 도는 듯이 어지러웠다.

다음 날도 그다음 날도 보민은 500킬로칼로리 이상 먹지 않았다. 입맛 없는 참에 살도 빼고 좋지, 뭐. 세 친구에게는 그렇게 둘러댔다.

하루하루 지날수록 보민은 눈에 띄게 말라 갔다. 그러자 그런 보민이 부러워졌는지 몇몇 아이들이 자리에 찾아와 비법을 물어보거나 아무리 노력해도 빠지지 않는 체지방에 대해 하소연을 늘어놓기 시작했다. 유리가 말한 '우리 같은 사람들'은 정도의 차이였을 뿐 어디에나 있었다. 보민은 그 사실에 깜짝깜짝 놀랐다.

보민의 엄마는 점점 말라 가는 딸을 은근히 반가워하는 눈치였다. 거봐, 살이 빠지니까 콧날부터 오뚝하니 예뻐 보이잖니. 보민이 너도 타고난 이목구비는 나를 닮았으니 덩치만 좀 줄어들면 틀림없이 한 인물 할 거야. 이제 너 옷 사 주는 재미도 있겠다.

칭찬인 듯 아닌 듯 내놓는 말들을 들으면서 보민은 알게 되었다. 사실 엄마는 줄곧 예쁘고 마른 딸을 기다려 왔다는 것을.

영화나 드라마에서처럼 대놓고 악역을 자처하거나 딸을 학대하는 엄마는 드문 존재다. 그러나 예쁘지 않은 딸을 부끄러워하고 남들 앞에서 누구보다 먼저 깎아내리는 엄마, 옷을 사러 가서 별안간 종업원에게 "제 딸이 조금 뚱뚱하다"라며 하소연과 사과 언저리에 있는 말들을 뱉는 엄마는 흔하디흔하다. '우리 같은 사람들'은 그들 밑에서 자라난다.

엄마의 반응을 보고 난 후 보민은 더욱 집요하게 다이어트를 했다. 집요해지지 않을 수 없었다.

시험을 이틀 앞두고는 기어이 코피가 터졌다. 문제집에 뜨겁고 빨간 피가 후드득 떨어졌을 때, 보민은 이상한 쾌감을 느꼈다. 나를 혹사할수록 정신력이 강해지는 기분. 극한으로 밀어붙일수록 드는 잘하고 있다는 확신. 나만이 나를 통제할 수 있고, 지휘할 수 있다는 강렬한 믿음. 식사 제한의 압박은 시험의 압박과 다르지 않았다. 시험 기간 동안 보민은 거식에 빠르게 적응했다.

"야, 너 코피!"

옆자리에 앉은 해미가 보민을 보고 벌떡 일어났다. 그러고는 곧장 가방에서 휴지를 꺼내 건넸다. 보민은 코를 감싼 채 조용히 교실을 빠져나갔다. 따라 나오려는 애들을 눈짓으로 말렸다.

화장실로 가는 복도에서 보민은 유리와 마주쳤다. 유리가 놀란 눈을 하고 바라보았지만, 보민은 유리를 그대로 지나쳤다. 유리도 보민을 붙잡거나 말을 걸지 않았다.

한바탕 소동이 끝나자 종희와 시래, 예은은 보민을 매점으로 끌고 갔다. 셋이서 돈을 모아 초코소라빵과 딸기우유를 계산하고 보민에게 주면서 다 먹기 전까지는 반으로 돌아갈 생각하지 말라고 단단히 일러두었다.

"너 요즘 너무 안 먹는다 싶더라. 공부가 그렇게 힘들어? 그러면 나처럼 포기하면 되지."

시래가 대수롭지 않게 말했다.

"그게 할 말이냐? 보민아, 우선 이거 우리 보는 앞에서 다 먹어."

"시험 끝나면 마라탕도 먹고 양푼이빙수도 다시 만들어 먹자."

시래보다는 조금 더 사려 깊은 태도였으나 예은과 종희도 보민의 속을 모르기는 매한가지였다. 아무것도 모르면서 그런 말을 잘도 뱉는 아이들이, 보민은 미웠다. 누구를 쉽게 미워하는 자신의 모습이 생경했다.

"누가 보면 나 죽을병 걸린 줄 알겠다. 고마워, 잘 먹을게."

보민은 어쩔 수 없이 빵 봉지를 뜯고 우유에 빨대를 꽂았다. 빵을 한 입 베어 물자 초코필링이 입에 가득 들어찼다. 빨대로 우유를 한 모금 빨았다. 딸기우유의 은은한 단맛이 혀를 휘감았다. 익숙한 모든 것이 여기에 있었다. 툴툴거리는 듯하면서도 친구에게 마음을 아끼지 않는 시래가, 발랄하고 장난기 어린 말투의 예은이, 조용하고 다정한 방식으로 친구를 챙기는 종희가. 또, 달콤하고 촉촉한 초코소라빵이, 귀여운 향과 맛의 딸기우유가 보민의 곁에 그대로 있었다.

달라진 건 보민뿐이었다. 보민은 더 이상 이 세계에만 속한 사람이 아니었다.

보민은 빵과 우유를 말끔하게 먹은 뒤 화장실로 갔다. 그런 다음 식도에 손가락을 넣고 죄다 게워 냈다. 유리에게 배운 먹토 팁을 이용하니 그나마 덜 괴롭게 토할 수 있었다.

유리가 알려 준 잔혹하고 기형적인 세계. 그 세계가 보민을 자꾸만 끌어당기고 있었다. 빗물은 단단한 고철을 녹슬게 하고 바람은 바위에 구멍을 뚫는 법이다. 고작 몇 마디 말이, 몇 개의 활자가 보민을 서서히 병들게 했다.

그날 밤, 보민은 시래를 만났다. 시래가 보민의 학원이 있는 동네로 온 것이다. 학원에서 그리 멀지 않은 곳에 조그만 예술 영화관이 있다는 걸, 보민은 시래를 통해 처음 알았다. 상영관이 딱 하나인 데다 상영 시간도 아주 이른 아침이나 아주 늦은 저녁에 두세 번이 다인 영화관이라고 했다. 아쉬운 사람이 한밤중에라도 와서 봐야지 어쩌겠냐. 시래가 말했다.

"그래서 시험 이틀 앞두고 혼자서 심야 영화를 봤다고? 대단하다."

보민으로서는 상상도 할 수 없는 일이었다.

"시험은 매번 돌아오지만 한번 상영관을 떠난 영화는 잘 돌아오지 않는단다. 이번 생에 다시는 극장에서 못 볼 수도 있다고."

시래는 깡통을 차는 것처럼 바닥을 장난스레 차면서 걸었다. 기분이 좋아 보였다. 보민은 자신만의 중심이 잘 잡힌 채로 사는 시래가 부러웠다.

"너는 좋아하는 게 분명해서 좋겠다, 시래야."

보민의 진심이 한숨처럼 흘렀다. 그러자 시래가 무슨 말을 하냐는 듯 보민의 몸을 가볍게 밀었다.

"너도 좋아하는 거 하고 있잖아. 디저트 좋아해서 트위터 계정도 굴리고, 그걸로 인기도 꽤 있잖아. 내가 영화 보고 별점 매기는 거랑 똑같지."

시래가 그렇게 생각하고 있을 줄 전혀 몰랐다. 보민은 조금 놀라기도 했고 기분이 좋기도 했다. 그러나 곧 마음이 복잡해졌다. 트위터에 디저트 리뷰를 올리지 않은 지도 꽤 되었기 때문이다.

보민의 계정을 보는 사람들이 소식을 궁금해하고 있었지만, 그들에게 사실대로 말할 수는 없었다. 계정주가 극심한 다이어트를 하느라 디저트는커녕 밥조차 제대로 먹지 않고 있습니다. 계정 문 닫습니다. 그런 공지를 올리는 건 팔천칠백여 명을 한꺼번에 배신하는 것과 마찬가지다. 친구 한 명을 등지는 것도 어려운 보민에게는 불가능에 가까운 일이었다.

"물론 요즘은 네 위장이 영 힘을 못 쓰고 있긴 하다만…… 시험 끝나면 다시 다목적실에서 양푼이빙수 매일매일 만들어 먹자. 며칠만 더 기운 내."

시래의 말에 보민은 빈말로라도 그러겠다고 답할 수 없었다. 그러고 나면 정말로 매일매일 양푼이빙수를 먹을 것 같았고, 체중이 끔찍하게 불어날 것 같았다. 온갖 고통을 참아 가며 뺀 살인데 모든 게 원래대로 돌아가게 둘 순 없었다. 그럴 순 없었다. 대답이 없는 보민을 시래가 흘끔 쳐다보았다.

시험 전날이었다. 학원 원장이 아이들에게 치킨과 피자를 시켜 주겠다고 했다.

"단, 새벽 두 시까지 자습하기로 약속한 사람 한정이야."

음식을 볼모로 치사한 짓을 한다고 불평하는 아이들도 있었지만, 집으로 돌아가도 공부해야 하는 것은 마찬가지였으므로 대다수의 아이가 남겠다고 말했다.

"난 집에 가서 할래."

유리는 조금의 고민도 없이 짐을 챙겨 학원을 나가 버렸다. 밤 열 시에 치킨과 피자를 먹느니 이틀 동안 쫄쫄 굶는 게 낫다고 생각할 애니 놀랍지 않았다.

보민은 손톱을 물어뜯다가, 학원에 남아 있기로 했다. 새벽까지 학원에 있으면 선생님께 한 문제라도 더 물어볼 수 있다. 어차피 집에서는 집중이 잘되지 않는다. 최근 들어 보민은 집에 있을 때 자꾸 주방을 기웃거리거나 공연히 냉장고와 찬장을 열었다 닫았다 하기 시작했다. 폭식이 터질까 봐 매분 매초 시한폭탄을 안고 있는 기분이었다.

이따금 밤늦게 퇴근한 부모님이 야식을 시켜 먹을 때면 공부한다는 핑계로 방문을 걸어 잠갔다. 문틈 새로 스멀스멀 들어오는 음식 냄새를 맡는 것조차 고역이었다. 보민은 그때마다 트위터에 접속해 자신과 비슷한 처지인 아이들의 계정을 염탐했다.

가끔 유리에게 먼저 연락이 오기도 했다. 지금 몇 시간째 공복이야? 열두 시간째. 너는? 난 열일곱 시간. 우리 조금만 더 참아보자. 구멍이 숭숭 뚫린 뼈 같은 마음이었지만, 그런 마음이라도 나누는 게 서로에게 위안이 될 때가 있었다.

손톱에서 피 맛이 날 무렵 음식이 도착했다. 한 아이가 포장을 뜯는 순간, 보민은 모든 의지를 상실했다. 당연했다. 인간의 가장 강력한 본능 중 하나인 식욕을 다른 얄팍한 의지로 이길 수는 없었다.

"천천히 먹어. 아무도 안 뺏어 먹어."

당황한 원장이 보민에게 말했다. 아이들도 입을 떡 벌린 채 보민을 바라보았다. 보민은 음식을 아주 빠르게, 아주 많이 먹었다.

"미쳤어. 어떡해."

잠시 후, 화장실 거울을 보며 보민이 발을 동동 굴렀다. 물론 어떻게 해야 하는지는 이미 잘 알고 있었다. 보민은 변기를 붙잡고 모조리 토했다. 식도가 불에 타는 듯했고 장이 꼬인 것처럼 아팠다. 물에 빠진 것처럼 눈이 뜨겁고 코가 따끔거렸다. 그러나 이런 고통은 아무것도 아니었다. 내일 아침 체중계에 찍힐 두려운 숫자에 비하면.

"꺄악!"

시험 마지막 날, 마지막 교시. 보민은 쓰러졌다. 보민의 뒷자리에 앉은 아이들이 문제를 풀다 말고 일제히 비명을 질렀다.

"119 불러!"

감독관인 체육 선생이 빠르게 보민을 둘러업었다. 선생의 등에 업힌 보민은 꼭 바람 빠진 풍선처럼 가벼워 보였다.

언제 저렇게 야위었지? 종희와 시래, 예은이 눈빛을 교환했다. 보민이 그토록 조용히, 얌전히 그리고 강력하게 나빠지고 있었는데 셋 중 누구도 알아차리지 못했다. 그 사실이 셋에게도 상처가 되었다. 보민이었다면 특유의 섬세함과 다정함으로 더 빨리 알아차렸을 거라고, 더 빨리 손을 뻗어 주었을 거라고, 아이들은 겪어 본 적 없는 미래를 확신했다.

달랑거리는 보민의 발목을 집요하리만치 오래 바라보는 또 한 사람이 있었다. 유리였다.

*

"……목말라."

보민이 몽롱한 정신으로 응급실에서 눈을 뜨자마자 한 말이었다. 곁에는 엄마와 예은이 있었다. 엄마는 의사를 호출하러 갔고 예은은 물을 뜨러 갔다. 잠시 혼자 남겨진 보민은 생각했다. 여기서 살을 더 뺄 수 있을까. 병원까지 실려 왔는데. 이제 더는 그럴 힘과 의지도 남아 있지 않은데.

의사가 보민의 침대 옆에 서서 정신이 들었냐고 물었다. 꼭 포위당한 범죄자가 된 듯한 심정이었다. 보민은 항복 제스처를 취하듯 천천히 고개를 끄덕였다. 하지만 정말 정신이 든 게 맞는지는 잘 모르겠다고 생각했다.

영양 부족이라는 단어를 듣고 보민의 엄마는 의사에게 여러 번 되물었다. 제 딸이, 영양 부족이요? 흔히 말하는 영양실조 같은 거요? 스트레스 때문에 영양 부족이 오기도 하나요? 의사는 난감한 표정으로 보민을 바라보았다.

"요즘 이런 학생 많아요. 흔해요."

두루뭉술한 말이었지만 보민은 의사의 눈빛에 담긴 의미를 알아보았고, 단박에 이해했다. 너 같은 애들 많이 봤어, 하는 듯한 그 눈빛 앞에 보민은 작아졌다.

"학생, 밥을 먹어요, 밥을. 내 말 알아듣죠?"

"……네."

예은은 큰 눈만 도록도록 굴리면서 상황을 파악했다. 그러고는 슬그머니 보민 쪽으로 물컵을 건넸다.

"일단 물부터 마셔. 간호사 선생님이 찬물은 안 된대서 뜨거운 물 좀 섞었어."

물을 삼키자 상처 나고 부은 식도가 쓰라렸다. 보민이 인상을 찡그리자 예은도 똑같이 미간을 찌푸렸다. 어떡해. 많이 아파? 너무 뜨거워? 잘못한 것도 없으면서 눈치를 보고 쩔쩔매는 예은을 보자 마음이 불편했다.

병원을 빠져나오면서 보민의 엄마는 앞으로 다이어트 같은 건 꿈도 꾸지 말라며 보민에게 몇 번이고 으름장을 놓았다.

"세상에, 보민이 네가 영양 부족이라는데 엄마는 잘못 들은 줄 알았다. 다이어트한다고 좋아했더니. 너처럼 극단적으로 먹거나 극단적으로 굶는 애가 어디 있니? 예은이 너도 놀랐지? 그래도 시험 끝나자마자 달려오고, 너희 나이 때 우정이 좋기는 좋다."

"다른 애들도 다 오고 싶어 했는데 제가 대표로 온 거예요."

예은이 깍듯하게 말했다.

"지금은 회사 복귀해야 하니까 다음에 집에 놀러 와. 아줌마가 맛있는 거 시켜 줄게. 그런데 마지막 교시 시험은 다 보지도 못했다면서. 보민아, 그건 어떻게 되는 거니?"

그런 이야기는 좀 나중에 하면 안 되나. 속에서 울컥 서러움이 치솟을 때였다.

"제가 담임 선생님한테 여쭤보고 왔어요. 시험 점수 다 나오면 보민이 평균 점수에 맞춰서 적절하게 주신댔어요. 너무 걱정하지 마세요."

예은이 보민보다 한발 빨리 답했다. 마침 병원 로비에서 지하로 연결되는 엘리베이터가 도착했다. 엄마는 보민에게 밥을 사먹은 뒤 집에 가서 푹 쉬라고 말했다. 보민은 대답하지 않았다.

밥 사 먹어, 꼭. 엄마가 짐짓 엄한 척 눈을 크게 떴다. 딸이 쓰러졌다니 회사에서 병원까지 한걸음에 달려올 만큼 놀라긴 했을 것이다. 다만 딱 그 정도의 일이라 여길 것이다. 시험 기간에 무리하게 다이어트하다가 쓰러지고 만 딸. 시험은 끝났고, 다이어트는 '꿈도 꾸지 말라고' 일러두었으니 앞으로 잘 먹기만 하면 해결될 일이라고.

어쩌면 명절마다 꺼내는 재미난 에피소드가 될지도 모른다. 글쎄, 저렇게 먹는 걸 좋아하는 애가 열여섯 살 때는 쫄쫄 굶어서 시험 치다 말고 기절했다니까. 그러면 어른들은 와르르 웃거나, 보민에게 상처가 될 말들을 아무렇게나 떠들 것이다. 보민은 장단을 맞추려고 스스로를 깎아내리는 말을 술술 뱉을 것이고, 또……

변기를 붙잡고 모조리 게워 내겠지. 그렇게 살과 마음을 죄다 깎아내리고 나면 끝에는 뭐가 남을까. 그런 길을 가겠다고 최초로 마음먹은 것은 또 언제일까. 보민은 손등의 링거 자국을 내려다보았다. 그새 파랗고 조그만 멍이 들어 있었다.

"보민아."

"와 줘서 고마워. 시험 끝난 날에 나 때문에 이게 뭐야. 오늘 놀기로 했는데."

"손보민."

"애들은 어디에 있어? 우리 오늘 코인 노래방 가기로 했었나?"

예은이 보민의 손을 잡았다. 보민은 횡설수설하던 말을 멈추고 예은을 바라보았다. 예은은 알고 싶지 않은 무언가를 마주한 사람처럼 두려워 보였다. 보민이 유리를 볼 때 그랬듯이.

"너, 밥."

"……."

"안 먹는 거야, 못 먹는 거야?"

"둘 다야."

반쯤 포기한 심정으로 보민이 말했다.

"다이어트 때문에? 갑자기 왜 그렇게까지 하는데? 먹는 거 그렇게 좋아하던 애가 갑자기 왜?"

"그런 게 있어."

"그런 게 뭔데? 네가 이렇게 갑자기……."

"뭐가 자꾸 갑자기라는 거야? 나처럼 먹는 거 밝히는 애가 다이어트하는 데에는 대단한 결심이나 이유가 필요한 거야?"

예은이 뺨이라도 맞은 듯한 표정을 했다. 처음 보는 얼굴이었다. 예은도 보민을 보며 똑같은 생각을 하고 있을 것이다. 무른 자기 자신을 보호하기 위해 타인을 먼저 배려하는 방식으로 작동하던 보민의 마음속 근육. 그것이 살과 함께 다 빠져 버린 탓에 마음이 사포처럼 거칠거칠해지고 말았다.

"보민아, 너 진짜 왜 그래. 나 무서워."

예은이 말했다. 그때, 보민은 얼마 전 식욕을 억제하기 위해 시청한 다큐멘터리 속 한 장면을 떠올렸다. 사자에게 물어뜯기다 가까스로 탈출한 얼룩말이 내장과 뼈를 드러낸 채 초원을 절뚝절뚝 걷고 있었다. 곧이어 무리를 거슬러 달려온 얼룩말 하나가 속도를 맞춰 그 옆에서 함께 걸었다. 내레이터는 무리 생활을 하는 동물들에게서만 볼 수 있는 아름다운 장면이라고 말했다.

결국 두 마리 다 죽지 않았을까. 비위가 상해 끝까지 보지 못했지만 결말은 뻔하다고 생각했다. 피 냄새를 맡은 다른 포식자들이 우르르 몰려왔을 테니까.

보민은 예은의 손을 뿌리칠 작정으로 잡힌 손가락을 꼼지락거렸지만, 예은은 보민의 손을 아프다 싶을 정도로 더 꽉 쥐었다.

"네가 이러는 이유가 있겠지. 누구한테 털어놓을 수도 없고 털어놓는다고 나아질 것 같지도 않은 그 기분, 나도 잘 알아."

근데 내 경험에 의하면 말을 하는 게 나아. 남한테 거창한 위로를 받지는 못하더라도 우선은 내 속이 시원한 게 낫다고. 예은의 확신에 찬 목소리는 경험에 의한 것이라는 생각이 들었다. 보민이 보기에 예은은 첫 연애를 기점으로 예은 1.0에서 예은 2.0으로 업그레이드된 것 같았다. 예상치 못한 방향으로 또래 아이들보다 한 뼘 정도 더 자라 있었다.

"너 지금 되게 얼룩말 같다."

문득 엉뚱한 말이 튀어나왔다. 무슨 말이냐는 듯 예은이 눈을 크게 떴다. 금방이라도 앞으로 쏟아질 것 같은 눈이었다. 눈동자에 담긴 모든 것을 투명하게 반사시키는 눈이었다. 얼룩말보다는 치와와에 가까운 눈이었다. 보민은 웃음이 터지고 말았다. 얼룩말을 구하기 위해 초원을 가르며 달려오는 치와와라니, 너무나 해괴하고 요상한 그림이었으니까.

"전부 다 들어 줄래?"

"응? 응, 당연하지."

다 들어 줄게. 인강 듣는 것처럼 꼼꼼하게 들을게. 나 듣는 거 잘해. 팔을 붕붕 흔들며 약속하는 예은의 모습을 보면서, 보민은 초콜릿 한 조각을 떠올렸다. 앙증맞고 달콤하고 기분 좋은 것. 사람의 마음을 녹이는 것. 자신이 마음 다해 즐기고 사랑했던 것. 다행히도, 아직까지 자신 옆에 있고 가슴 안에도 남아 있는 것.

보민의 이야기를 들은 아이들의 반응은 셋으로 갈렸다.

"한유리 걔 뭐 하는 애야, 도대체? 사이비 아니야? 착한 애 꼬드겨서 뒤에서 무슨 짓거리를 한 거냐고!"

시래는 맹렬한 기세로 유리 욕을 했다. 보민은 유리를 원망하고 있지 않았으므로 썩 도움이 되는 반응은 아니었다. 그래도 시래의 매서운 말이 보민에게 향하지 않은 건 의외였고, 다행이었다. 시래는 확실히 사자 같은 아이다. 초식 동물 입장에서 사자가 내 편인 것만큼 안심되는 일도 없다.

"너 그러고 있는 줄도 모르고 살 빠지는 거 부럽다고 헛소리만 했는데. 친구 자격 박탈이다. 나는 입이 방정이라니까, 입이."

자기 비하와 자기반성을 하는 쪽은 예은이었다. 이건 이것대로 난처했다. 예은의 손을 잡고 아이들에게 달려올 수 있었고, 예은의 말을 듣고 아이들에게 털어놓을 수 있었다. 그것만으로 예은은 제 역할을 차고 넘치게 한 친구다. 그런데도 착하고 여린 예은은 보민더러 자꾸만 미안하다고 했다.

종희는 아무런 반응이 없었다. 가장 속을 알 수 없는 아이라는 걸 알고는 있었지만, 은근히 상처였다. 친구가 밥을 굶다가 쓰러졌는데도 남 일이라고 생각하는 건가. 그럴 수 있나. 서운한 마음이 들었지만 내색할 수는 없었다.

어김없이 찾아온 허기로 뒤척이는 새벽이었다. 종희에게 연락이 왔다.

전종희 님이 사진 47장을 보냈습니다.

별다른 말도 없이 사진만 무려 마흔일곱 장을 보내 온 것이다. 사진은 모두 보민이 디저트를 먹기 직전 행복해하는 표정이나 이미 쿠키나 푸딩 같은 것을 입에 넣고 음미하고 있는 얼굴을 확대해 찍은 것이었다. 저때로 다시 돌아가게 될까 봐 그토록 두려워했다. 몸무게가 1그램이라도 늘면 진창으로 끌려가는 기분이었으니까. 그런데 과거의 자신은 지금의 자신이 어리둥절할 만큼 즐거워 보였고 좋아 보였다.

[갑자기 이런 사진들을 보내는 건 싸우자는 뜻?]

복싱 글러브를 낀 고양이 이모티콘을 함께 보냈다. 평소 유머에 일가견이 있는 종희이므로 보민의 농담을 더 웃긴 말로 받아칠 줄 알았는데, 진지한 반응이 돌아왔다.

[졸업 전까지 이 손보민 시리즈 백 장 채우고 싶은데 가능해?]

쉰세 장을 더 모으겠다는 뜻이다. 가능할까. 저 때처럼 음식을 앞에 두고 아무런 걱정 없이 웃는 일. 칼로리를 계산하지 않고, 죄책감을 느끼지 않고 달콤한 디저트를 한입에 삼키는 일.
47 대 53의 확률. 대략 반반이다. 보민이 두 세계 모두에 발을 담그고 있는 것처럼.

[함께하면 불가능한 일이 어디 있겠어?]
[너 되게 소년 만화 주인공처럼 말한다.]

[종희야, 소년 만화 주인공 옆엔 항상 멋진 동료들이 있다는 걸 명심해.]

보민은 답장을 보냄과 동시에 깨달았다. 음식을 사랑하는 일은 어려워도, 음식을 함께 먹는 친구들과의 시간은 얼마든지 사랑할 수 있다는 사실을. 애초에 그것은 보민에게 단 한 번도 노력이 필요한 일이 아니었다.

그러고 보면 종희는 언제나 최소한의 말과 행동으로 보민을 진단하고 해결책을 처방해 주는 아이였다. 또래 아이들에게 흔치 않은 속성이라는 것을, 귀한 성격이라는 것을 새삼스레 실감했다. 종희야말로 소년 만화 주인공의 요소를 모조리 갖춘 아이인지도 몰라. 보민은 속으로 중얼거렸다.

종희의 결심과 노란 파파야

7월 중순. 여름 방학이 시작되었다. 테니스, 바이올린, 영어 뮤지컬 등 다양한 방과 후 수업이 있어 학교는 방학인데도 여전히 아이들로 와글와글했다. 하지만 분위기만큼은 학기 중에 비해 확실히 더 자유로웠다.

예은은 짙은 갈색으로 머리를 물들였고 시래는 귓바퀴를 따라 귀를 몇 군데나 뚫었다. 보민은 팔다리를 드러내는 옷들을 사 모으기 시작했고 종희는, 여전히 종희였다.

종희는 어떤 일에도 관심 없다는 표정으로 모든 일을 하는 학생이었다. 교내 과학 발명품 경진 대회, 교내 창의 수학 탐구 대회, 청소년 통일 골든 벨 대회, 호국 보훈의 달 기념 연평 해전 각색 시나리오 공모전, 교육장 배 교육 정책 제안 대회, 지역 자치 센터에서 시행하는 도시락 나눔 봉사까지. 저번 학기 동안 종희가 참가한 활동이다.

"너 무슨 연예인이야?"

빽빽한 종희의 다이어리를 보고 시래가 물었다.

"뭐야, 새삼스럽게. 나 원래 이랬어."

"아니야, 너 작년에는 이 정도 아니었어. 이 정도의 광기는 아니었다고."

종희는 자신의 상태에 대해서도 관심이 없었기 때문에 이러한 일정이 무리인지 아닌지 판단이 서지 않았다.

1학기 말, 이 정도 포트폴리오면 특목고 진학을 노려 봐도 좋겠다고 담임 선생님은 말했다. 특목고 진학을 위해서 이렇게 사는 건 아니었지만, 다른 이유를 설명할 수도 없어서 열심히 준비해 보겠다고만 했다. 그런 의미에서 양푼이빙수를 먹는 시간은 종희에게 유일한 휴식이라 해도 좋았다.

방학이 시작되고도 양푼이 클럽은 여전히 성황리에 운영되고 있었다. 넷은 용돈을 모아 대용량 잼과 시리얼, 다회용 수저 따위를 구매해 사물함에 넣어 두었다. 그리고 오전 수업이 끝나면 곧장 집으로 달려가는 아이들 틈에서 넷만 늘 여유롭게 학교에 남았다. 조용하고 한적한 별관 다목적실에 숨어서 몰래 먹는 양푼이빙수는 몸도 마음도 시원하게 만들어 주었다.

보민은 음식과 다시 한번 친해지는 과정에 있었다. 한동안 양푼이 쪽으로는 눈도 돌리지 않으려고 하더니 최근 들어 트위터에 양푼이 시리즈를 다시 업로드하기 시작했다. 그게 제일 반응이 뜨겁다고 했다. 사진만 찍겠다더니 슬그머니 자리를 잡고 앉는 날이 늘어 갔다. 나중에는 숟가락을 들어 빙수를 오물오물 맛있게 먹기도 했다.

무엇보다 예전처럼 끼니를 쉽게 거르지 않게 되었다. 한꺼번에 많은 양을 먹고 다 토해 내는 습관도 거의 사라졌다고 했다. 그러나 먹은 만큼 칼로리를 태워야 한다는 강박에는 여전히 시달리는 듯했다.

"종희야, 걷자."

그래서인지 종희를 붙잡고 자꾸만, 자꾸만 걷자고 했다. 쉬는 시간에는 운동장을 걷고 보충 수업이 끝나면 천변을 걸었다. 종희의 집 앞에서 매일같이 전화를 걸어 대뜸 나오라고도 했다. 그때마다 편한 운동화를 신고 오라는 말을 꼭 덧붙였다.

"한 바퀴만 더 돌자, 응?"

보민이 말하는 한 바퀴가 어떤 때는 아파트 단지이지만 어떤 때는 800평 부지의 공원이고 어떤 때는 동네 전체라는 게 문제였다. 친구와 같은 동네에 사는 게 두렵고 간담이 서늘한 일일 수 있다는 걸, 올여름에 종희는 절절히 깨닫고 있었다.

"우리 혹시 군 입대한 거야?"

노을이 지지도 않았는데 건강 알림 앱에 이미 이만 이천 보가 찍혔던 날, 참지 못하고 종희가 물었지만 보민은 못 들은 척 계속 걷기만 했다.

가족여행으로 일주일 동안 태국에 다녀왔다는 해미가 둘을 보고 "둘이 같이 휴가 다녀왔어?" 하고 물었다. 동남아에서 느긋하게 직사광선을 즐기고 온 해미보다 둘의 피부가 훨씬 구릿빛이었다. 7월 중순은 저녁 여덟 시가 다 되도록 해가 지지 않는다. 그 여름 햇볕을 모조리 받으며 하루에 이만 보를 넘게 걸었으니 피부가 노릇하게 익는 건 당연했다. 해미의 질문에 품평을 하거나 조롱하려는 의도가 담겨 있지 않아 더 얄미웠다.

그러나 해미가 태국에서 사 온 간식들은 너무 맛있었다. 그 간식들과 함께 해미도 다목적실에 종종 합류하게 되었다.

"이게 무슨 맛이라고?"

종희가 시럽 통을 하나 들고 이리저리 돌려 보았다.

"파파야. 동남아에서는 천사의 열매라고 불린대. 덜 익은 건 맛없는데, 노랗게 숙성된 파파야는 진짜 눈물 날 만큼 맛있어. 아쉬운 대로 시럽만 사 왔는데 열매 맛은 또 달라. 동남아 가게 될 일 있으면 꼭 열매로 먹어 봐."

28인치짜리 여행용 캐리어에 파파야시럽과 코코넛잼을 열 개씩 담아 왔다는 해미 덕분에 빙수의 맛이 점점 이국적으로 변해 갔다. 오늘의 메뉴는 코코넛잼과 파파야시럽을 잔뜩 넣은 요거트 아이스크림빙수였다.

아이들은 개학이 얼마 남지 않았다며 어떻게든 시간을 쪼개어

놀 계획을 짜야 한다고 입을 모아 주장했다. 사실은 계획을 짜는 것부터가 이미 하나의 놀이였다.

종희가 마지막 한 술갈을 뜨려고 할 때, 주머니 속에서 진동이 느껴졌다. 미리 보기로 발신인을 확인한 종희는 황급히 휴대폰을 도로 주머니에 쑤셔 넣었다. 액정에는 '전종철' 세 글자가 찍혀 있었다.

전종철이 돌아왔다.

*

"분위기가 달라졌어."

"내가?"

"꼭 육상 선수 같아졌네. 예전에는 미스 코리아 같았는데."

종희의 아빠는 예전이나 지금이나 딱 조폭처럼 보인다. 그리고 종희는 한 번도 미스 코리아 같았던 적이 없다. 늘 귀밑을 가까스로 넘기는 머리카락 길이가 촌스러운 어른들로 하여금 남자애냐는 오해를 불러일으킬 정도니까. 종희는 말없이 버블티에 담긴 타피오카펄을 빨대로 휘휘 저었다. 좀처럼 웃지 않는 종희를 보다 아빠가 헛기침을 했다.

"떡이 참 쫄깃하다. 이게 요즘 유행이라고?"

"떡이 아니라 타피오카펄이야."

"떡이나 펼이나."

"근데 그 금목걸이랑 금반지 좀 빼면 안 돼? 그게 패션이야, 아니면 선량한 시민 위협용이야?"

종희가 괜한 트집을 잡았는데도 아빠는 지은 죄가 있어서인지 고분고분했다. 무안한 표정으로 목걸이와 반지를 만지작거릴 뿐이었다.

"사나이의 멋이라는 거야. 종희 너, 발성 참 좋다. 합창 대회에서 상도 받고 그런다고 엄마가 말하더니만. 진짠가 봐."

"학술 대회. 합창 대회가 아니라."

"학술이라고 들었는데 내가 잠깐 까먹었다. 나중에 합창 대회도 한번 나가 봐. 너 아빠 닮았으면 노래 잘할 거다."

허허허. 저 능청스러운 화법과 사람 좋은 척하는 웃음이 언제나 종희를 미치게 했다.

역시 만나는 게 아니었다. 받아 주지 말았어야 했다. 설날 아침, 강아지가 세배하는 이모티콘만 덜렁 보내 놓고 아빠는 6개월간 잠적했다. 신호음은 멀쩡하게 갔는데 전화를 받은 적은 단 한 번도 없었다. 문자에 답장도 하지 않았다. 일부러 연락을 피한다는 뜻이었다.

그런 아빠가 무려 6개월 만에, 마치 퇴근길에 떡볶이 사 들고 귀가한다는 듯한 말투로 학교 앞 카페에 있을 테니 잠깐 나오라고 연락을 해 왔다. 내가 오라면 오고 가라면 가는 삼촌들인 줄 알아? 이번에야말로 그렇게 쏘아붙이고 아빠 번호를 시원하게 차단해 버리려고 했다. 했으나, 불가항력에 이끌리듯 또다시 아빠를 마주했다. 심지어 나란히 버블티를 주문한 채로 아무 영양가 없는 말이나 주고받고 있다. 종희는 자괴감이 들었다.

전종희, 도대체 뭘 기대하는 건데? 얼마나 실망해야 그 인간을 완전히 포기할 건데? 카페까지 오는 동안 종희는 자신에게 끝도 없이 되물어 보았다. 그 와중에도 머릿속 한편에는 180도 달라진 아빠의 모습이 마치 드라마처럼 상영되고 있었다.

첫 번째 경우의 수. 정장을 차려입은 아빠가 그동안 회사에 취직하고 자리를 잡느라 바빴다며 명함을 내민다. 두 번째 경우의 수. 엄마와 종희에게 지난날을 사과하고 용서를 구하고 싶다며 자기 몸만 한 크기의 꽃다발을 건넨다. 세 번째 경우의 수. 앞으로는 죽을 때까지 떳떳하게 번 돈으로 떳떳하게 살겠다며 종희를 걸고 약속한다.

그러나 눈앞에 있는 아빠는 여전히 아빠였다. 예의상으로라도 엄마는 잘 지내냐고 묻지 않는, 지난 6개월간 어디서 뭘 하며 살았는지 설명하지도 않는, 종희가 입맛이 없든 말든 혼자 버블티를 맛있게도 빨아 먹는, 그런 사람이 바로 종희의 아빠였다.

"일어나자. 나 도서관 가야 해."

"방학이라면서?"

"방학이면 뭐, 맨날 놀아? 고등학교 선행 학습 하느라 학기 중

보다 더 바빠."

"알았다, 알았어."

아빠가 진정하라는 손동작을 했다. 금반지가 카페 조명에 반사되어 번쩍거렸다. 저 금반지를 낀 주먹으로 누굴 패기라도 하는 거 아닐까 생각하면, 종희는 또 아득해지는 것이었다.

"잠깐만. 너 이거 해라."

아빠가 지갑에서 오만 원짜리를 여섯 장 꺼냈다. 어릴 때야 아무것도 몰랐다지만, 이제는 알고 있다. 보통의 직장을 다니는 아빠는 저렇게 지갑에 현금 다발을 넣고 다니지 않는다는 걸. 열여섯 살 딸에게 용돈을 삼십만 원씩 턱턱 쥐여 주지 않는다는 걸.

"나 엄마한테 용돈 받아."

"엄마랑 아빠는 따로인 거야."

그때 아빠 지갑에서 명함이 툭 떨어졌다. 전종철 팀장. 떼이고 못 받은 돈 대신 받아 드립니다. 100퍼센트 보장. 그 글자를 보고 종희는 눈을 질끈 감아 버렸다. 언제까지 저런 일을 하면서 살 셈이야? 종희의 속에서 무언가가 치솟았다.

"당연히 따로지. 언제는 아빠가 우리랑 함께였던 적이 있어?"

아빠가 놀란 표정을 하고 종희를 보았다.

"다 같이 살 때도 엄마는 다육이들이랑 더 함께였고 나는 내가 밥 주던 길고양이들이랑 더 함께였어. 온순하고 조용한 존재들이 절실했어. 나에게 해롭지 않은 존재들. 아빠는 나한테 너무 해로

웠으니까."

종희는 가방을 메고 일어섰다. 생일이나 크리스마스, 어린이날, 연말과 새해마다 꼬박꼬박 아빠를 기다리던 때가 있었다. 현관문을 열 때마다 언제 떠났었냐는 듯 소파에 누워 "종희, 다녀왔냐?" 하고 능글맞게 묻는 아빠의 모습을 기대하던 때가, 종희에게도 분명 있었다.

중학생이 되고 아빠가 감옥에 간 날, 종희는 인정했다. 내가 기다리는 아빠는 결코 오지 않는다는 것을. 그럴 거면 차라리 영영 돌아오지 않는 게 나을 텐데, 잊을 만하면 이렇게 원하지 않은 모습으로 나타나 마음을 헤집어 놓는다.

"반년 동안 머릿속으로 아빠 장례식만 열 번도 넘게 치렀어. 어디서 칼 맞고 죽었을지도 모른다고 생각했어. 모르는 번호로 전화가 오면 경찰일까 봐 가슴이 내려앉았어. 어떻게 변명할 생각조차 안 해?"

"……."

"아빠는 나한테 카드뮴이나 벤젠이야. 파라벤일지도 몰라. 일급 유해 물질이란 뜻이야."

어떻게 아빠한테만 가시 박힌 말을 이토록 창의적으로 할 수 있는 것인지 알 수 없었다. 종희는 타인에게 한 번도 이런 식으로 말해 본 적이 없다. 전종철에게만 반응하는 뉴런이 뇌에 들어 있는 걸까. 그게 무엇이든, 자신 안에 아빠가 있는 것은 싫었다.

"언젠가 아빠가 정말로 죽어 버려도 슬프지 않을 거야. 지난 6개월 동안 아빠는 이미 내 안에서 여러 번 죽은 사람이니까."

카페를 빠져나온 종희는 빠르게 걸었다. 짧은 머리카락 사이로 땀이 줄줄 흘렀다. 수분에 짓무른 눈꺼풀이 따끔거렸다. 오늘 기온이 올여름 최고라고 했다. 열이 뻗치는 건 다 폭염 때문이라고, 핑계를 댈 수 있어 다행이었다.

아빠의 직업이 깡패라는 건 초등학교 3학년 때 처음 알았다. 물론 그 후로도 아버지 직업을 쓰는 칸에 깡패, 라고 적지는 않았지만, 몰라서 비워 두는 것과 알고 나서 차마 적지 못하는 기분은 완전히 달랐다. 더 어렸을 적에도 또래 친구들에 비해 기묘할 정도로 '삼촌'이 많다고 생각하긴 했다. 하지만 그때는 그들이 다 아빠의 혈육이라고 순수하게 믿었다.

예나 지금이나 선행 학습이 습관이었던 명석한 아이였으므로, 어린 종희는 어른들의 말을 주워 담으면서 혼자 깨쳤다. 아빠와 삼촌들은 언제든 경찰에 잡혀갈 수 있는 일로 돈을 번다는 것을. 그래서 종희는 점점 속을 감추는 아이가 되어 갔고, 시간을 분 단위로 쪼개 할 수 있는 모든 일을 하기 시작했다. 답 없는 생각이 끼어들 틈이 없게, 종희 나름대로 찾아낸 방법이었다.

삼촌들과 함께 운영하던 게임 랜드가 쫄딱 망하고, 아빠는 건설사 하청 용역업체를 기웃거리다 나이트클럽으로 방향을 틀었다. 나이트클럽에서 순조롭게 일을 하나 싶더니 아빠와 삼촌들 중 몇 명이 교도소에 수감된 것이 재작년 봄이다. 그날, 종희는 순일중학교 입학생 대표로 선서문을 낭독하고 있었다.

얼마 못 가 엄마는 아빠와 이혼했다. 교도소에 수감되어 있는 배우자와도 합의 이혼이 가능하다는 것을 종희는 책이나 드라마가 아니라 실전으로 배웠다.

"네가 그래서 아빠 이야기를 안 하는구나."

이야기를 다 들은 보민이 짧게 읊조렸다. 폭염 주의보 안전 안내 문자가 한 시간에 한 번씩 울리는 날이었다. 오늘은 양심상 종희에게 걷자는 말을 꺼내지 않을 작정이었는데, 의외로 종희가 먼저 연락해 와서 보민은 조금 놀랐다.

"걷자. 걷고 싶어. 걸어야겠어."

목소리가 어찌나 결연했던지, 종희가 하자는 게 산책이 아니라 청소년 인권 시위처럼 느껴졌다. 무슨 일이 있구나 싶어 마음의 준비를 단단히 하고 만났다. 하지만 아빠가 깡패라는 고백은 예상치 못했다. 그래서 최대한 말을 줄이고 잠자코 듣기만 했다. 종희에게 배운 미덕이었다.

"반년 만에 본 건데 변한 게 없어. 내가 좀 크면 아빠를 이해할 수 있지 않을까 했거든? 근데 시간이 지날수록 더 끔찍해져. 매사에 뻔뻔하고, 능글맞고, 나한테 미안할 줄도 모르는 인간."

지글지글 익고 있는 아스팔트에서 아지랑이가 피어오르는 게 눈에 보였다. 꼭 종희의 기분을 묘사한 풍경 같다고 보민은 생각했다.

둘은 계속해서 걸었다. 두 시간쯤 걷다가 참지 못한 보민이 결국 백기를 들었다. 여기서 더 걸으면 또 쓰러질지도 몰라. 보민은 우선 살고 봐야겠다는 생각이 들었다.

"종희야, 우리 맥도날드 가서 뭐라도 먹을까?"

그렇게 말하고 깜짝 놀란 건 되레 보민 자신이었다. 내가 지금 뭘 먹자고 한 게 맞나? 식사에 대한 강박이 희한한 방식으로 치유되고 있는 것 같았다.

"그 전에 은행 좀 들르자."

종희는 아빠에게 받은 용돈을 한 푼도 쓰지 않고 자유 예금 통장을 만들어 거기에 차곡차곡 모아 두고 있었다. 출처를 모르는 검은돈은 쓰는 게 아니라고 배웠다. 물론, 꼭 그 이유 때문만은 아니었다. 그것이 종희의 자존심을 지키는 유일한 방법이었다.

전종철이 전종희의 행복에 요만큼도 기여하지 못하게 할 것.

*

종희는 외교부에서 주관하는 청소년 글로벌 이슈 스피치 대회를 신청해 두길 잘했다고 생각했다. 공교롭게도 대회 날과 방학 마지막 날이 같았다. 아빠를 만나고 온 뒤로 소란스러운 머릿속을 잠재우기 위해, 종희는 방학 내내 대회 준비에 매달렸다.

치열했던 여름 방학도 끝나 가고 있었다. 그 말은 곧 대회가 코앞이란 뜻이기도 했다. 해미가 말린 망고를 껌처럼 질겅거리며 "왜 그렇게 열심히 해? 그 대회 신청한 사람 우리 학년에서 너 한 명이래"라고 말해 주었을 때, 종희는 그다지 놀라지 않았다. 중학교 3학년에게 여름 방학이란 고등학교 선행 학습을 따라가기에도 벅찬 시간이다. 종희가 바쁜 와중에도 대회에 참가하기로 한 이유는 오직 하나였다. 담당자가 서영경 선생님이라는 것.

"저번보다 훨씬 좋아. 주제도 잘 잡았고 문장도 안정적이야. 다만 군데군데 거친 표현들이 있어."

"어떤 의미에서 거칠다고 하시는 건지……."

"우리가 한 짓을 미화하는 것도 조심해야 하지만, 철저한 가해자라고 고정하는 건 오히려 서구 열강의 책임을 쏙 빼 버리는 게 될 수도 있거든. 더 넓게, 더 크게 보면 좋겠어."

서영경. 올해 순일중으로 임용된 국어 교사다. 단정하게 묶은 긴 머리와 가느다란 목이 유려하고 가냘픈 인상을 주지만, 목소리는 의외로 낮고 단호해서 첫인상이 반전이었던 기억이 있다.

"그리고 내가 보기에 이 글을 쓴 사람은 지금 화가 많이 나 있어."

"네?"

"물어보고 싶네, 뭐가 이렇게 종희를 화나게 만들었는지."

웃을 때는 지금처럼 입매가 시원하게 벌어져 보는 이까지 덩달아 기분 좋게 만드는 사람. 순일중학교의 유일한 이십 대 여성 교사여서 그런지, 종희는 영경을 볼 때마다 영경이 자신의 친언니가 되는 상상을 하곤 했다. 영경 같은 언니가 있으면 좋았을 것이다. 물론 전종철의 DNA가 섞여 버리면 영경 같은 딸은 태어나지 못했을 테지만.

종희는 영경이 좋았다. 좀처럼 좋은 게 없는 세상에서 몇 안 되게 좋은 것이었다. 영경과 영경의 수업을 기다리는 것만으로 학교에 오는 재미가 있었다.

그러니까, 영경에게는 말해 봐도 좋지 않을까.

"선생님은 사람이 변할 수 있다고 믿으세요? 남을 해치거나 잘못을 저지른 사람도 언젠가는 나아질 수 있다고 믿으세요?"

"당연하지."

영경이 숨도 안 쉬고 대답해서 종희는 놀랐다. 영경이라면 조금 뜸을 들인 후, 오래 곱씹어 보아야 의미를 파악할 수 있을 법한 말을 해 줄 줄 알았다. 어쩌면 자신에게 역으로 질문을 던질 수도 있겠다고 생각해 마음속으로 미리 답변을 준비하던 참이었다.

"……그렇게 단호하게요?"

"그럼. 사람은 더 나아질 수 있어. 나쁜 사람도 덜 나쁜 사람으로 변할 수 있고, 마침내 좋은 사람이 될 수도 있어."

아빠가 깡패예요. 팔아선 안 되는 물건을 팔고, 숨 쉬듯이 법을 어기고, 사람의 목숨을 금붕어나 개구리 정도로 여기는지도 몰라요. 엄마와 나를 수도 없이 배신하고 매번 어딘가로 사라져 버려요. 벽에 붙여진 수배자 전단지에 아빠 얼굴이 있을까 봐 늘 유심히 살펴보게 돼요.

그래서 내가 더 열심히 살지 않으면, 선하고 바른 사람이 되지 않으면 아빠의 죄를 물려받을지도 모른다고 생각해요.

"누구나 더 좋은 사람이 될 수 있어."

"……."

"이걸 믿지 않으면 괴물이 돼, 종희야."

이미 나쁜 사람을 한 번 더 믿어 주지 않는다는 이유로 괴물이 된다는 건 너무 잔인하고 불공평하다고, 종희는 생각했다. 그러나 세상은 원래 약자에게 불공평하다. 국제 정세나 사람 간의 관계나, 늘 악한 쪽이 약한 쪽을 착취하는 구도로 흘러간다.

종희는 서영경 선생님을 좋아했지만, 영경을 좋아한다는 이유로 아빠까지 좋아할 수는 없었다.

"수정해서 올게요."

영경은 종희의 눈을 가만 바라보다 종이를 돌려주었다. 종희는 고개를 꾸벅 숙이고는 교무실을 서둘러 빠져나왔다. 오래 보고 있으면 모든 것을 고백하고 싶어지는 눈동자였다.

"달라지려는 노력조차 하지 않는 사람을 어떻게 번번이 믿어 줄 수가 있어? 그런 사람이야말로 사람보다 괴물에 가까운 거 아니야?"

아빠 이야기만 나오면 종희는 걸음이 빨라졌다. 보민은 거의 뛰다시피 종희의 뒤를 따랐다. 노을이 지고 있는 서쪽 도로 옆 옥외 광고판에 'Jesus loves you'라는 글귀가 적혀 있었다. 종희는 그것을 눈으로 훑고는 하, 하고 헛웃음을 터뜨렸다.

"지저스 러브스 유 좋아하네. 예수님도 그 인간은 포기했을 거다."

요즘 보민이 새롭게 깨달은 것이 있다면 종희가 생각보다 말이 무척 많은 아이라는 사실이었다. 그런데 오늘따라 유난히 심했다. 영경을 만나고 오는 날에는 늘 은은하게 기분이 좋아 보였는데, 오늘은 괴물이라는 단어에 꽂힌 나머지 마음의 파동이 큰 모양이었다. 보민은 종희의 얼굴에 손부채질을 팔랑팔랑 해 주었다.

"종희야, 너 얼굴 엄청나게 새빨개. 화 그만 내고 편의점 가서 뭐라도 사 마시자."

"누가 화를 냈다 그래? 나 화 안 났어."

그래그래, 네 말이 다 맞아. 보민은 처음으로 종희와 말이 통하지 않는다고 느꼈다.

둘은 편의점에 들러 딸기우유를 하나씩 집었다. 전투에 가까운 산책을 하고 마시는 우유는 황홀했다. 인공적이고 달콤한 딸기향이 종희의 머릿속을 서서히 식혀 주었다.

"엄마가 식칼을 든 적도 있어. 그때는 아빠가 불법 게임장 가는 거에 빠졌을 때였거든. 차라리 자기가 손가락을 대신 잘라 주겠다고 엄마가 날뛰었는데, 그때 든 칼이 무려 중식 칼이었어. 잘린 대파 한 조각이 그 칼에 눌어붙어 있었는데 한동안은 밤마다 그 장면이 꿈에 나왔어. 대파 한 조각까지 똑같이."

"어떻게 그런 일을 겪고도 네가……."

이렇게 공부를 잘할 수가 있지? 라는 말은 부적절한 것 같아 삼켜 낸 보민이었다. '조용하게 위험'이라는 말은 종희에게도 해당되는 소리였다.

"나는 그래서 수련회랑 수학여행이 좋았던 적이 한 번도 없어. 숙소에서 하는 진실 게임 같은 건 왜 죽지도 않고 매년 돌아오는 거야? 내가 가진 진실은 다른 애들과 체급 차이가 너무 나서 입 밖으로 꺼낼 수도 없었어."

모든 가십거리에 적당히 거리를 두고, 남에게 관심을 가지지 않던 종희의 성격은 일종의 방어 기제였다. 나도 너를 알려고 하지 않을게. 너도 나를 알려고 하지 마. 스스로 벽을 치면서 외로웠을 종희를 생각하니 보민은 마음이 아팠다.

"내가 트위터를 하면서 느낀 건데 말이야. 연예인들이 크고 작은 잘못을 저질렀을 때 내내 미워하고, 실망하고, 계속해서 비판하는 팬들이 있는 반면, 아예 인생에서 없었던 사람처럼 도려내는 팬들도 있더라고."

뜬금없이 웬 연예인 이야기인가 하고 종희가 보민을 바라보았다.

"근데 웃긴 게, 나중에 그 연예인을 한 번 더 믿어 주는 쪽은 늘 첫 번째 부류의 팬들이더라. 누군가를 미워하는 것도 다 마음 안에 사랑이 남아 있어야 가능한 일이구나 싶더라고."

"……."

"종희야, 나는 네가 냉정하지 않아서 좋은데."

그냥 한번 말해 본 거라며 손사래를 치는 보민을 보며 종희는 빨대를 쪽 빨았다. 쪼로록. 공기를 빨아들이는 빈 소리가 났다. 공허한 딸기향이 종희의 입안을 맴돌았다. 오늘따라 영경도, 보민도 종희의 머릿속을 소란하게 들쑤시는 말만 골라 했다. 종희는 딸기우유 팩을 아무렇게나 구겨 버렸다.

"이제 일어나자."

"다시 도서관으로 가는 거야?"

"아니, 엄마한테."

사는 동안 아빠에게 단 한 번을 냉정하지 못했고, 지금도 냉정하지 못한 그 여자한테.

*

"왼쪽을 집중적으로 공략해 봐. 이상하게 거기가 때가 많이 나오더라, 나는."

"그런 것도 알아?"

"다 알지. 달 목욕이 십 년 차야. 뭐든 십 년 하면 전문가랬어."

목욕탕의 후끈한 습기 때문에 엉덩이골에 땀이 고였다. 옆자리에 앉은 할머니가 대야에 뜨거운 물을 받아 철썩철썩 끼얹을 때마다 물이 튀었다. 끓는 물인가 싶을 정도로 뜨거웠는데 할머니의 표정은 태연했다. 할머니의 조글조글한 몸은 뜨거운 물과 공기에 내성이 있는 식물같이 느껴졌다. 세신을 하는 동작이랄지 손아귀의 힘은 자신보다도 훨씬 섬세했고 또 강력해 보였다. 저 나이가 되면 아빠에 대한 분노가 조금은 가라앉으려나. 종희는 아주 먼 미래를 짐작해 보았다.

"말도 안 돼. 밀어도 밀어도 계속 나오잖아."

엄마의 너른 등에서는 때가 끝도 없이 나왔다. 종희는 그것이 지저분하다기보다 새삼 신기했다. 그러고 보면 엄마와 함께 목욕탕에 온 것도, 때밀이 타월로 엄마의 몸을 밀어 주는 것도 아주 오랜만의 일이었다. 도서관에 가겠다는 딸을 목욕탕으로 불러낼 만큼 한결같이 성적과 입시에 관심 없는 엄마여서 좋기도, 나쁘기도 했다.

"손끝이 꽤 야물어졌어. 예전에는 풀로 간지럽히는 것 같더니 이제는 힘을 쓸 줄 아네."

"손이 커져서 그런 거 아닐까? 그때는 타월이 너무 커서 손에서 막 벗겨지고 그랬단 말이야."

"맞아, 그랬지. 딸 키우는 재미가 이런 건가 봐. 같이 목욕 오니까 좋다."

잠시 후 둘은 공수 교대를 했다. 종희는 몸을 돌려 엄마에게 등을 내주면서 잠깐 긴장했다. 엄마는 힘이 세도 너무 세기 때문이다. 때를 미는 건지 살갗을 벗기는 건지 모를 정도로 억세게 타월질을 한다. 그래서 이번엔 분명히 피가 났을 거라고 매번 생각하지만, 엄마가 미지근한 물을 부어 주면 등은 상처 하나 없이 매끈했다. 종희가 툴툴거릴 때마다 엄마는 자신만만하게 말했다.

"아무렴 내가 내 새끼 몸에 피 낼까 봐."

오늘도 엄마는 토씨 하나 틀리지 않고 그렇게 말했다. 지나가던 아주머니가 그 말을 듣고 피식 웃었다.

"내 몸 여기저기에 피 내 가면서 만든 자식인데, 함부로 상처 내서 되겠간?"

그때부터 순식간에 수다가 시작되었다. 단유할 때 젖이 뭉쳐 새벽마다 뒤척였던 일, 산후 관절통으로 선풍기 바람만 맞아도 관절이 톱에 썰리는 듯 아팠던 일, 애를 가졌을 때 그렇게 귤이 먹고 싶어서 몇 박스씩 먹었더니 글쎄 태어난 애 얼굴이 귤처럼 샛노래서 아이고야, 싶었던 일……. 둘은 십수 년 전 일을 마치 어제 일처럼 생생하게 주거니 받거니 했다.

아주머니는 종희더러 나중에 아기를 낳거들랑 웬만하면 모유 수유는 하지 말라는 조언까지 해 주었다. 요즘은 분유도 잘 나오는 데다가 모유 수유가 여자 몸에 좋을 거 하나 없다는 게 이유였다. 그 조언을 끝으로, 아주머니는 자리를 떠났다.

"아는 분이셔?"

"아니, 방금 처음 봤어."

엄마의 대답에 종희가 켁, 하고 기침을 했다. 목욕탕은 도심 속에서도 꼿꼿이 전통과 민족성이라 할 만한 것을 지키고 있었다. 종희는 2학기에 있을 자유 스피치 대회에서 목욕탕을 주제로 발표를 해 보아야겠다고 다짐했다.

"아빠는 잘 지내든?"

"똑같아. 조금도 달라진 게 없어."

"너무 쌀쌀맞게 굴지 마. 미우나 고우나 네 인생에 하나밖에 없는 아빤데."

"그런 아빠 두 명 있었으면 나 애저녁에 죽었어."

찰싹. 엄마가 종희의 등을 아프지 않게 때렸다. 자기는 남편을 그토록 미워하면서 딸에게는 아빠를 사랑하라고 가르치는 엄마를 어떻게 이해하면 좋을까. 종희는 늘 혼란스러웠다. 뭐든 십 년 하면 전문가라면서! 십육 년 차 전문 양육자가 종희의 속을 좀처럼 알아주지 못하는 탓에, 마음의 살갗이 까지고 자잘한 생채기가 났다.

"오늘 나한테 아빠 이야기 더는 하지 마. 나 피곤해."

종희는 아빠 생각을 잠시라도 쉬고 싶었다.

"일어나. 찜질하러 가게."

불리해진다 싶으니 말을 돌리는 엄마였다. 종희도 더는 입씨름하고 싶지 않아 얌전히 뒤를 따랐다. 정육점처럼 새빨간 조명이 켜진 찜질방에 엄마와 종희는 가부좌를 틀고 앉았다.

"너 진짜 컸나 보다. 예전에는 들어오자마자 덥다고 난리 치고 그랬는데."

"나 요즘 보민이랑 매일 걷잖아. 올여름은 더위에 면역이 생겼어."

"그럼 내기할까? 누가 더 오래 버티나. 이긴 사람 소원 들어주는 걸로."

"유치해. 보통 그런 제안은 딸이 엄마한테 하지 않아?"

바나나우유나 식혜 정도 사 달라고 할 셈이었는데, 그런 기회는 당연히 주어지지 않았다. 십 분을 버티지 못하고 종희가 뛰쳐나갔기 때문이다. 엄마는 그로부터 한참 뒤 느긋하게 웃으며 찜질방을 나왔다.

"소원이 뭐길래 그렇게 불길하게 웃어."

"나한테 결혼 고려권 한 장 줘."

"뭐? 그게 뭔데?"

"나중에 네가 결혼할 남자 데리고 왔을 때 그 남자가 엄마 마음에 안 들 수 있잖아. 그러면 엄마가 결혼 고려권 행사하게 해 줘. 무조건 하지 말라고 안 할게. 그냥 고려만 해 보라는 거야."

"외할머니 말 안 듣고 아빠랑 결혼한 거 후회해서 그래?"

"땅을 치고 후회하지."

"근데 나 결혼 안 할 건데."

"그러면 땡큐네요."

시시한 소원이었다. 이럴 줄 알았으면 더 빨리 뛰쳐나올 걸 그랬다. 양 볼이 발간 종희에게 엄마가 식혜를 사 주었다. 냉탕에서 참방참방 헤엄치는 엄마를 구경하다가, 종희는 문득 엄마가 또래보다 훨씬 나이 들어 보인다는 걸 깨달았다.

발가벗은 사람들의 몸을 보다 보면 단순하게 늙기만 한 몸이란 것도, 어리기만 한 몸이란 것도 없다는 걸 깨닫게 된다. 누구나 어느 한 곳은 나이에 비해 지나치게 젊고, 또 지나치게 고장 나 있다.

고장 난 부분을 잘 고치고 수습하면서 평생을 사는 게 당연한 일이란 것을 알면서도, 종희는 엄마의 몸 여기저기가 유난히 잘 고장 난다는 사실이 속상했다. 그도 그럴 게, 엄마는 종희를 키우면서 힘을 쓰는 일, 마음을 쓰는 일, 둘을 함께 쓰는 일을 가리지 않고 하면서 돈을 벌어 왔으니까.

이래서 엄마랑 목욕탕에 오고 싶지 않은 것이다. 엄마의 알몸을 보고 있으면 어쩐지 슬프고 미안한 기분이 드니까. 언제부터 그렇게 착한 딸이었다고.

일요일 내내 종희는 도서관 전자 정보실에만 틀어박혀 있었다.

스피치 대회가 당장 내일인데 원고를 완성하지 못했다. 영경에게 더 매끄러운 글을 보여 주고 싶은 욕심이 커 좀처럼 진도가 나가지 않았다. 정치나 역사책은 같은 사건을 두고도 저자가 누구냐에 따라 완전히 다른 말을 했기 때문에, 주장을 받아들이는 게 조심스러웠다.

[이미 벌어진 일을 어떻게 해석할지 결정하는 건 저자가 세상을 바라보는 시각이야. 역사뿐만 아니라 인생이 다 그렇지. ^^]

영경이 보낸 문자를 캡처한 뒤 여러 번 읽어 보았다. 그때 시래에게서 연락이 왔다. 도서관에 왔으니 잠깐 얼굴을 보자는 것이었다.

"웬일로 도서관에 왔어?"

"새로 나온 영화 상영회 한대서."

시청각실을 지나칠 때마다 인적이 느껴지지 않아 저런 행사에는 누가 참여하는 걸까 궁금했는데, 의외로 가까운 곳에 있었다.

시청각실에는 둘밖에 없어서 꼭 영화관을 통째로 빌린 것 같았다. 나온 지 얼마 되지 않은 영화를 벌써 도서관에서 무료로 틀어 주는 데다가 보러 오는 사람조차 없다니. 이미 망했거나 망할 가능성이 큰 영화인 것 같아 별로 기대되지 않았다.

역시나였다. 시작한 지 오 분 만에 조직폭력배들이 망치를 휘

두르고 칼로 사람을 찔렀다. 전부 어디선가 본 듯한 장면. 이런 오락성 누아르 영화를 단 한 번도 오락처럼 즐긴 적이 없다. 남 일이라고 생각되지 않으니까. 주인공이 잔인하면 잔인한 대로 우스우면 우스운 대로, 부디 아빠가 저런 사람은 아니길 기도하는 심정으로 보게 되었다.

깡패를 멋있고 매력적인 캐릭터로 설정하는 것 자체도 싫었지만, 무엇보다 그들의 가족 이야기가 나오면 마음속에 알레르기 반응 같은 것이 올라왔다. 안하무인 폭력배들이 자기 가족만은 건드리지 말라며 무릎을 꿇고 호소하는 신 따위를 보고 있자면 조소가 터져 나왔다. 가족 소중한 줄 아는 사람들이 저런 일은 낯짝 두껍게 할 수 있다고? 말도 안 돼.

영화 속 배경이 베트남으로 바뀌었다.

"왜 꼭 한국 조폭들은 엄한 동남아에 가서 남의 나라를 들쑤시는 걸까? 추격 신 볼 때마다 함부로 길거리 노점 뒤엎고, 건물 부수고 그러잖아. 그게 다 저 사람들 재산일 텐데. 그런 건 누가 보상해 주는지 궁금하지 않아?"

시래가 물었다. 종희는 그러게, 저런 것도 공안 관할인가, 하고 중얼거렸다.

시래는 생각이 엉뚱한 쪽으로 한번 뻗어 나가기 시작하면 멈추지 않는 고속 열차 같은 아이다. 언젠가는 학교에서 쓰레기 줍기를 하다 말고 "세상에 있는 모든 쓰레기는 결국 어디로 흘러가는 거지?" 하고 혼잣말을 했다. 예은이 "그런 생각할 시간에 하나라도 더 주우시지?"라고 핀잔을 줬지만 종희는 덩달아 궁금했던 기억이 있다.

시래는 쓰레기를 줍는 내내 무언가를 골똘히 생각하는 표정을 짓더니, 며칠 뒤 학교에 오자마자 이렇게 말했다.

"이 세상은 미쳤어. 완전히 돌았어. 말레이시아랑 필리핀 같은 곳이 전 세계의 쓰레기 매립지가 되어 가고 있는 거 알아? 힘센 나라들이 자국에서 나온 쓰레기를 몇 만 톤이나 동남아에 팔아 버리고 있는 거 아냐고. 너희는 순일중 화장실에서 똥 닦은 휴지를 들고 나와서 다른 학교 쓰레기통에 버려도 된다고 생각이나 해 본 적 있어?"

격분한 시래를 보면서 종희는 시래가 스피치 대회에 재능이 있을지도 모르겠다고 생각했다.

시래가 이번에는 또 어떤 방면으로 세계의 어두운 진실을 알게 될까? 궁금하던 참이었다. 휴대폰 진동이 짧게 울렸다. 엄마였다.

[종희야, 너희 아빠 내일 베트남으로 출국한단다. 거기서 사업하면서 자리 잡겠대. 가기 전에 마지막으로 너 보고 가려고 불러냈던 모양이다.]

예상치 못한 내용에 종희의 마음이 요동쳤다. 아빠가 베트남에 가서 사업을 한다는 소리가 못 미덥다는 건 차치하고, 마지막이라는 세 글자가 날카롭게 꽂혔다.

아빠가 정말로 죽어 버려도 슬프지 않을 거야.

아빠는 그 말을 품에 안고 베트남으로 날아가 버리는 건가. 종희는 그 일이 아빠보다 자신에게 두고두고 상처가 될 것 같다는 예감에 휩싸였다.

"주인공이 되게 허무하게 죽네. 재미없다."

시래가 무표정하게 말하며 볼륨을 줄였다. 공안에 붙잡힌 부하가 주인공을 배신하는 바람에 주인공은 총에 맞고 죽어 버렸다. 종희는 하나도 통쾌하지 않았다. 엄마에게 [몇 시에 출국한다는데?] 하고 답장을 보냈다. 곧이어 [오전 열한 시]라는 문자가 돌아왔다.

"악연이야. 이건 정말 악연이라고밖에 설명이 안 돼."

종희의 혼잣말에 시래가 고개를 끄덕거렸다. 영화 이야기인 줄 알았는지 주인공과 부하는 처음부터 악연이었다는 말을 덧붙이기까지 했다. 스피치 대회는 내일 오전 열한 시부터 시작이다. 아빠와 종희는 정말이지 악연이다. 영화 속 주인공과 부하보다 훨씬 더 질기고 지긋지긋한 악연.

방학 마지막 날이자 스피치 대회 날, 종희는 아침에 눈을 뜨자마자 두 가지를 직감했다. 오늘, 스피치 대회는 어떤 이유로든 쫄딱 망할 것이다. 그리고 아빠는 베트남에 가서 다시는 돌아오지 않을 것이다. 어느 쪽이 더 큰 낭패인지 알 수 없기도 했고, 그게 다 무슨 상관인가 싶어 도리어 침착해졌다.

간밤에 영경에게 연락이 와 있었다. 열심히 준비한 만큼 최선을 다해서 발표하라는, 멀리서 마음 다해 응원하고 있겠다는 내용이었다. 종희는 영경을 실망시키는 것이 무서웠다. 누군가에게 기대하고 실망하는 일은 사람의 정신을 갉아먹는다. 상처받지 않기 위해 그 사람을 이해하려 애쓰고, 스스로 합리화하는 그 모든 과정에는 막대한 에너지가 들어가는 법이다.

[선생님, 죄송해요. 저 오늘 스피치 대회 못 가요. 꼭 가야 하는 곳이 있어요. 많이 도와주셨는데 정말 죄송합니다.]

알면서도 왜 이런 멍청한 선택을 하는 것인지. 누군가를 기어이 실망시키고 마는 고약한 성질을 정말로 아빠에게 물려받은 것인지. 나를 믿어 주는 사람을 배신하고, 나를 배신하는 사람을 믿어 보려 하는 일이 어떻게, 왜 가능한 것인지. 수많은 물음표가 머릿속에 차올랐다.

[종희야, 어떤 일인지 모르겠지만, 네가 내리는 모든 결정은 너를 더 좋은 곳으로 이끌어 줄 거야.]

종희는 영경의 답장을 읽고 또 읽었다. 아빠보다 영경의 말을 믿고 싶었다. 누구나 더 좋은 사람이 될 수 있다던 말과 그 말을 하던 눈동자를, 그 안에 담긴 힘을 기억하고 싶었다.

종희가 밖으로 나설 때였다. 보민에게 전화가 걸려 왔다.

—스피치의 달인 전종희, 오늘 잘하고 와. 파이팅.

"보민아, 나 오늘 대회 안 가."

종희는 상황을 띄엄띄엄 설명했다. 우리 아빠 베트남 간대. 한국에 다시 안 올지도 몰라. 혼란스러운 종희의 목소리를 보민은 가만히 듣고만 있었다.

잠시 후, 수화기 너머로 보민이 신발을 꿰어 신는 소리가 들렸다. 공항까지 같이 가겠다고 했다. 그런 보민의 마음이 고마웠으나 흔쾌히 받아들이기는 부담스러웠다. 보민에게 아빠를 보여 주는 일은 목욕탕에서 발가벗은 몸을 보여 주는 것과 매한가지로 느껴졌다.

—종희야, 예은이가 나 따라서 병원 와 줬던 날, 나도 솔직히 진짜 쪽팔렸거든. 그래도 옆에 예은이가 있어서 다행이었어. 나한테도 그럴 기회를 줘.

"……같이 가 주면 나야 고맙지."

친구와 같은 동네에 산다는 건 꽤 든든한 일일지도 몰라. 종희는 생각했다.

공항으로 가는 지하철에서 종희는 아빠를 만나면 어떤 말을 할지 머릿속으로 대본을 만들어 보았다. 스피치 대회 대본보다 난도가 높고 까다로웠다. 너무 모진 말을 했다고, 진심이 아니었다고 사과를 해야 하나 잠깐 생각했으나 그것 또한 진심이 아니었다. 사과하고 싶지 않았다. 아빠에게 진심 어린 사과를 받기 전에 선수를 쳐 버리는 건 진심일 수 없으니까.

아빠가 사과해 주었으면 했다. 인생에 단 한 번이라도 먼저. 줄곧 떳떳하지 못한 아빠였던 것을, 종희가 자라는 모습을 지켜봐 주고 응원하지 못했던 것을, 아빠가 필요한 순간순간마다 곁에 있지 않았던 것을 모조리 사과해 주었으면 했다.

"대회 안 가는 거 정말 괜찮겠어? 포트폴리오 열심히 만들고 있었잖아."

보민이 걱정스러운 표정으로 물었다.

"나 특목고 가려고 포트폴리오 준비했던 거 아니야. 내가 뭘 하고 싶은지 사실은 잘 모르겠어. 근데 하나 분명해진 건 있어."

"뭔데?"

"아빠 때문에 전전긍긍하면서 살지는 않으려고. 아빠랑 내 인생은 별개니까."

보민이 종희의 손을 꼭 잡으며 말했다.

"그거 알아? 소년 만화 주인공은 그런 깨달음을 꼭 하나씩은 얻어 낸다."

아빠는 공항 라운지 앞 카페에서 버블티를 사 마시고 있다고 했다. 종희가 먼저 연락해 올 줄은 상상도 못 했는지 "여보세요?" 하고 전화를 받을 때부터 목소리가 이미 몇 톤 높아져 있었다. 그리고 종희가 공항이라고 했을 때는, 잠시 정적이 있었다. 설마 울어? 물어보고 싶었지만 그러지 않았다. 감당할 수 없는 사실은 그냥 모르는 척하는 게 속 편할 때가 있는 법이다.

아빠 옆에는 삼촌 세 명이 더 있었다. 보민은 안녕하세요, 하고 기어들어 가는 목소리로 삼촌들과 종철에게 인사했다. 그러고는 대화 내용이 들리지 않는 먼 곳에 자리를 잡고 앉아 귀에 이어폰을 꽂았다. 역시 눈치가 귀신같이 빠른 친구다.

종희는 그 누구에게도 인사하지 않은 채 아빠에게 본론부터 꺼냈다.

"가면 언제 와. 오긴 와?"

"글쎄다, 우선 자리 잡고 돌아가는 상황을 봐야겠지."

"제대로 된 일을 하는 건 맞아?"

아빠는 또 허허허, 사람 좋은 척하는 웃음으로 난감한 질문을 피해 갔다.

"우리나라 사람들은 그 나라에 못 할 짓을 너무 많이 저질렀어. 과거부터 현재까지 유구하게. 아빠까지 죄를 보태지 마."

역사 선생님 같은 훈계를 하려고 아빠를 만나러 온 건 아니었는데. 해야 할 말은 따로 있으면서 공회전 같은 말만 튀어나왔다.

아빠는 또 지갑을 뒤적거렸다. 뭐든 돈으로 해결하려는 버릇도 아주 나쁜 거라고, 이번에는 종희 안의 도덕 선생님이 고개를 들었다.

그런데 정작 입 밖으로 나온 말은 전혀 다른 것이었다.

"도착하면 파파야라는 열매를 먹어."

"뭐?"

"그 나라에선 그걸 '천사의 열매'라고 부른대."

그만큼 천상의 맛이라는 의미로 붙인 별명이겠지만, 그래도 천사라고 이름 붙여진 열매를 먹으면 조금 더 선한 사람이 될 수 있을지 모르니까. 아빠가 베트남에서라도 좀 더 나은 사람이 되기를, 내가 확인할 수 없는 미래에서라도 괜찮은 사람이 되어 살아가기를 종희는 한 번 더 기대했다.

길을 안내해 주는 공항 로봇이 종희 옆을 잠시 머물다 떠났다. 탑승권을 스캔하면 탑승구까지 안내해 드리겠다는 홍보 멘트가 점점 멀어져 갔다. 대답 없는 사람들 곁을 지치지도 않고 기웃거리는 로봇을 보면서, 종희는 지치지 않고 사람에게 계속 다가가는 것은 아주 대단한 능력이라고 생각했다.

"그래…… 미안했다, 종희야. 변변찮은 아빠라서."

그토록 바랐던 아빠의 사과가 뜬금없는 타이밍에 툭 떨어졌다. 그런데 막상 사과를 들으니 홀가분하지 않았다. 마음속 어느 한 공간에 차가운 바람이 불었다.

잠깐 머뭇거리던 아빠가 종희의 앞머리를 손으로 쓸어 넘겼다. 투박하고 어정쩡한 손길. 종희는 어쩌면 자신이 내내 기다려 온 것이 이미 늦어 버린 사과가 아니라 바로 이 손길이었을지도 모른다는 생각이 들었다. 사람이 사람을 미워하지 못하는 데에는 거창한 이유가 없다는 걸 종희는 이미 알고 있었다. 용서하는 일에도, 용서하지 않는 일에도 이유가 없듯이.

종희는 아빠의 눈을 피해 캐리어를 끌고 바삐 오가는 사람들을 바라보았다. 돌돌돌 굴러가는 저마다의 캐리어 바퀴들을 지켜보다가, 종희는 묵혀 둔 기억 하나를 꺼내 보았다.

해가 쨍쨍하고 습도가 높은 어느 여름날이었다. 아홉 살 때였던 것 같다. 종희는 소파에 모로 누워 텔레비전을 보다가 깜빡 잠이 들었다. 회전하는 선풍기의 바람이 종희를 지나쳐 갈 때마다 살랑살랑, 종희의 앞머리가 이마를 간질였다. 종희는 누군가가 자신의 머리카락을 정리해 주었으면 좋겠다고 생각했다.

그때, 화장실에서 담배를 피우고 나온 아빠가 담배 냄새 가득 밴 손으로 종희의 앞머리를 살살 쓸어 넘겨 주었다. 종희가 누군가를 필요로 할 때, 가장 먼저 아빠가 나타난 순간이었다. 그 기억이 종희에게는 여름 그 자체였다.

이제 아빠는 여름이 압도적으로 긴 나라로 떠난다. 돌아오지 않을지도 모르고, 돌아오더라도 종희의 곁으로 올지는 알 수 없다. 종철은 언제나 그때그때의 충동과 결심대로 사는 사람이니까.

112

그리고 그때쯤이면 종희야말로 더 이상 아빠가 필요하지 않을 것이다. 그런 날이 올 때까지 종희는 부지런히 클 테니까.

"아빠가 정말로 죽는다면 조금 슬플 거야. 그것도 내가 없는 나라에서 죽는다면 조금 많이 슬플 거야. 그러니까 조심해. 조심하면서 살아. 다른 사람의 원한을 사는 일은 되도록 하지 마."

"……"

"그리고 파파야는 꼭 노랗게 잘 익은 걸로 먹어."

아빠가 한 번이라도 자신의 말을 귀담아들어 주길 바랐다. 평범한 관광객처럼 파파야를 먹고 코코넛주스를 마시면서 하노이나 다낭을 유유자적하게 걷기만 하기를. 길거리 노점을 뒤엎거나 공안과 추격전을 벌이는 일 따위는 일으키지 않기를.

아빠가 종희를 끌어안았다. 쾨쾨한 담배 냄새는 그때나 지금이나 여전했다.

돌아오는 길에는 지하철을 타는 대신 걷기로 했다. 걷기라는 행위에는 중독성이 있다. 지도 앱에는 집까지 도보로 총 세 시간 반이 걸린다고 나왔지만, 둘은 가뿐하게 결정했다.

"가 보자, 힘들어도."

걷는 동안 발에 물집이 잡혔고 땡볕 더위에 정수리가 녹을 듯이 뜨거웠다. 갈증이 심해 편의점을 세 번이나 들렀고 공중화장실도 두 번이나 다녀 왔다.

동네에 다 와서는 맥도날드에 들러 햄버거와 감자튀김을 사 먹었다. 보민은 자신의 식습관이 어느새 안정된 것을 느꼈다. 잘 걸으니 잘 먹고 싶었고, 잘 먹으니 잘 자고 싶었고, 잘 자니 다시 잘 걷고 싶어졌다. 선순환이었다. 어느 소년 만화 주인공이 자신을 구원해 주었다.

"고마워."

보민이 하려던 인사인데, 종희가 먼저 선수를 쳤다.

"뭐가? 덕분에 공항 구경도 하고 재밌었어. 나도 고마워."

감자튀김을 오물거리며 보민이 해사하게 웃었다. 종희도 따라 웃었다. 네가 냉정하지 않아서 좋다는 말, 보민의 말이 앞으로 자신의 인생을 더 좋은 쪽으로 이끌어 주리라는 걸 종희는 듣는 순간 확신했다. 정확히 무엇이 고마운지 설명하기는 어려웠지만, 눈치 빠른 보민이니 언젠가는 알아줄지도 몰랐다.

그때, 휴대폰을 확인하던 보민이 감자튀김을 던지며 외쳤다.

"미친. 최시래 진짜 미쳤나 봐!"

그러고는 단톡방에 올라온 사진을 종희에게 보여 주었다.

삭발한 시래의 셀카였다.

시래는 짭조름한 바닷물을 향해 간다

영화에서 세상을 구한 건 세 명의 꼬마였다. 1970년대 미국 인디애나주의 한 시골 동네, 공부를 지지리도 싫어하던 꼬마들 셋이 무전기를 가지고 놀다가 우연히 외계 전파를 잡아 내면서 지구는 외계인의 침략을 막을 수 있게 된다. 그리고 훗날, 그중 한 명은 나사(NASA) 우주 탐사 시스템부 부국장이 된다. 이름은 톰 구이디.

톰 구이디 역할을 맡은 아역 배우는 급성 림프 모구성 백혈병이라는 설정 때문에 영화 내내 민머리로 나오는데, 그 머리가 자유로운 그의 이미지와 워낙 잘 어울린 덕에 촬영이 끝난 뒤에도 줄곧 민머리로 활동했다고 한다.

"이렇게 밀어 주세요."

시래는 미용사에게 톰 구이디 사진을 보여 주었다. 노트북 화면에 영화 엔딩 크레디트가 올라온 지 채 삼십 분도 되지 않은 때였다.

영화를 보고 난 후 시래의 첫 감상은 삭발을 해야겠다는 것이었다. 어떤 결정이든 질질 끌지 않는다는 게 시래의 치명적인 장점이기도, 단점이기도 했다.

그런데 첫 번째 미용실에서 단칼에 거절당했다. 여학생 머리를 함부로 밀었다가 부모님이 찾아와 무슨 소리를 퍼부을지 모르는데다, 시래가 변심해서 인터넷에 나쁜 후기를 올릴 수도 있다는 게 이유였다. 정 머리를 밀고 싶으면 부모님 허락을 받고 오라고 했다.

미용사는 이제 막 취업을 한 시래의 큰언니와 비슷한 나이로 보였는데, 거의 시래의 부모님만큼이나 대화가 통하지 않았다. 나이가 어리다고 정신이 유연한 건 아닌 듯했다. 그러고 보면 큰언니도 부모님 못지않게 사고가 꽉 막힌 사람이다.

두 번째 미용실은 덩치가 아주 큰 남자가 운영하는 바버숍이었다. 턱수염이 풍성한 데다가 볼살까지 두툼해서 다소 다람쥐 같은 인상을 주는 남자였다. 목덜미에서부터 팔뚝을 타고 내려오는 가시 문양의 문신이 마음에 쏙 들었다. 시래에게 첫인상부터 호감인 성인 남성은 드문 존재였다.

남자는 바리캉을 들고 "어…… 어떤 곳인지 알고 오셨을까요?"라고 물었다.

"삭발하고 싶어서 왔는데요."

전략을 바꿔 최대한 무심한 듯 말했으나 속으로는 간절히 빌었다. 제발 그 과감하고 자유로운 스타일처럼 생각도 자유로워 주시면 안 될까요.

다람쥐가 도토리를 안고 허공을 바라보는 것처럼 남자는 잠깐 먼 곳을 보다가, 앉으라는 듯 의자를 가리켰다. 남자의 생각이 바뀔까 봐 시래는 의자에 냉큼 앉았다.

"이 정도로 밀어 주시겠어요?"

"대략 6밀리미터 정도 되겠네요. 처음 삭발한 사람들이 관리하기 딱 좋은 길이예요."

액정 속 톰 구이디의 뒤통수를 엄지와 검지로 여러 번 확대하던 남자가 무심한 표정으로 고개를 끄덕였다.

삭삭삭, 슥슥슥, 지이잉. 머리카락이 삽시간에 떨어져 나갔다. 잿빛 스펀지로 두피와 귓바퀴를 털어 줄 때는 오소소 소름이 일었다. 크게 슬프지 않을 줄은 알았는데……

"좀 간지럽네요."

웃음까지 나올 일인가? 시래는 입술을 꾹 말고 자꾸만 비집고 나오는 웃음을 참아 보았다. 자신의 두상이 이렇게 생겼다는 걸 이제야 알았다. 전반적으로 모난 곳 없이 동그랬지만 정면에서 바라보면 왼쪽이 조금 더 튀어나와 있었다. 새로운 나를, 낯선 나를 발견한 것이 무척 오랜만이었다. 시래는 결국 참지 못하고 흐

흐, 소리 내어 웃었다.

조명 아래에서 셀카를 몇 장 찍어 보고 있는데 미용사가 슬쩍 다가왔다. 그러고는 바버숍 SNS 계정에 올릴 사진을 찍어도 되겠냐고 물었다. 시래는 대답 대신 양손으로 브이를 해 주었다.

단톡방에 사진을 보내자 물음표와 느낌표, 온갖 이모티콘이 수십 개씩 올라왔다. 도대체 이러는 이유가 뭐냐고 묻는 아이들에게 시래는 별 고민 없이 답장을 보냈다.

[오늘따라 머리카락이 무겁더라.]
[?????????????????]

바버숍 바닥에 떨어진 머리카락만큼 많은 물음표가 액정을 빼곡히 채웠다. 그러거나 말거나 시래의 머리는 더없이 가벼웠고, 마음은 산뜻했다.

물론 단지 산뜻해지려고 저지른 일만은 아니었다. 시래는 이 여름이 너무 따분했다. 영화를 어림잡아 오십 편 정도 보았는데 도중에 포기한 작품까지 센다면 칠십 편은 족히 넘길지 몰랐다. 그리고 그동안, 영화 같은 일은 단 일 분 일 초도 일어나지 않았다. 그건 시래에게 아주 불행한 일이었다.

시래는 살면서 받을 관심을 지난 며칠간 모조리 받았다. 개학과 동시에 순일중 연예인이 되었다. 노골적인 시선과 수군거림은 등굣길에서부터 시작되었다. 교탁에 선 선생님들조차 한 명도 빠짐없이 시래를 보고 "삭발했다는 애가 너야?" 하고 묻거나 "너로구나" 하고 웃었다. 차라리 웃으면 다행이었다.

"최시래, 너는 도대체 왜 그러는 거냐?"

이해가 안 된다는 듯, 어디 한번 나를 납득시켜 보라는 듯 팔짱을 끼고 물어보는 선생님도 있었다. 원래도 시래를 싫어하는 게 대놓고 티가 나는 사람이었다. 손톱을 자르는 것처럼 머리카락을 잘랐을 뿐인데 왜 이유를 설명해야 하는지. 납득할 수 없는 건 시래 쪽도 마찬가지였다.

엄마와 아빠는 시래더러 "그렇게 마음대로 살 거면 도대체 부모가 왜 필요하느냐?" "네놈에게 우리는 어떤 존재냐?"라고 화를 냈다. 큰언니 시경은 "네 문제가 무엇인지 나한테 설명을 해 보라"고 다그쳤으며, 기숙형 재수 학원에 다니고 있는 작은언니 시오는 "괜히 엄마 아빠 심기 건드려서 나한테까지 불똥 튀게 하지 말라"고 살벌하게 경고한 뒤 일방적으로 전화를 끊었다.

나랑은 장르부터가 달라. 시래는 마음속으로 집안사람들을 그렇게 정의했다. 시래가 전체 관람 가용 액션 활극 영화라면 부모님과 두 언니는 영화가 아니라 오십 초짜리 캠페인 광고다. 맡은 임무를 성실히 해내고 정해진 틀에서 절대 벗어나지 않는 사람들. 누군가에게 어떤 메시지를 전달하기 위해 장면 장면을 연기

하는 배우들.

그렇게 살고 싶으면 살라지. 다만 나는 아니라고, 나는 그렇게 살지 않겠다고 시래는 마음먹은 지 오래다.

그때부터 시래는 영화가 좋아졌다. 영화 속 세상이 기상천외할수록, 질서가 없을수록 별점을 후하게 주었다. 영화 말고 좋은 것이 아무것도 없다는 게 유일한 고민이었다.

학교에서 애들과 선생들이 뭐라고 수군대겠냐, 너란 아이는 다른 사람의 시선일랑 생각해 보지도 않는 거냐, 고등학교에 가서도 네 뒤통수에 별별 소문이 다 달라붙을 거다. 오늘도 아빠는 저녁밥을 먹는 내내 시래를 공격했다.

구청에서 일하는 아빠는 민원인에게 유난히 시달린 날마다 괜히 시래를 걸고넘어졌다. 디테일은 그때그때 달랐으나 요약하자면 너는 왜 평범하게 살지 않고, 그러니까 공부해서 잘될 생각을 않고 꾀를 부리려 하냐는 게 주된 내용이었다.

다람쥐 미용사에 의하면 머리카락은 하루도 빠짐없이 0.33밀리미터씩 자란다는데, 가만히 놔둬도 알아서 잘 자라는 털 한번 밀었기로서니 학교와 집안 양쪽에서 이렇게까지 공격받을 일인가 싶었다.

"고등학교 입학식 때까지 머리카락이 자라면 얼마나 자라겠냐? 그 꼴을 하고 학교에 입학할 셈이냐?"

"고등학교 안 갈 거예요."

"뭐? 얘가 지금 뭐라는 거야!"

기어코 아빠가 식탁에 숟가락을 집어 던졌다. 반동 때문에 천장 쪽으로 챙, 하고 날아오르는 쇠숟가락을 보는 순간 시래도 툭, 하고 이성이 끊기는 것을 느꼈다.

"법정 의무 교육은 중학교까지잖아요. 저 이만하면 충분히 의무를 다한 학생이에요. 공부에 관심도, 재능도 없다는 걸 한참 전에 깨달았는데 학교 잘 다녔어요. 사고 친 적도 없어요. 학교에서 하릴없이 날린 시간만큼 영화를 봤다면 뭐라도 됐……"

"최시래!"

엄마가 날카로운 것을 날리듯 시래의 이름을 날렸다. 한편 아빠는 못에 꽂힌 듯 의무라는 말에 꽂혀 버린 나머지, 네가 그런 식으로 나온다면 부모로서의 의무도 포기하겠다고 선언했다.

"고등학교 가겠다는 말 나오기 전까지 시래한테 용돈 지원해 주지 마."

아무리 그래도 성장기 청소년에게 돈으로 복수를 하다니. 너무나 옹졸하고 치졸한 방식이었다. 시래는 이를 갈았다. 그날은 박찬욱 감독의 복수 3부작을 보느라 깊은 새벽까지 잠들 수 없었다.

고등학교를 안 가겠다는 말은 진심이었다. 이렇게 대책 없이 뱉어 버릴 계획은 아니었지만 시래 안에서는 아주 오래전에 결정된 미래였다.

시래는 노트북 배경 화면을 바라보았다. 항암 치료를 받고 맥

없이 잠들어 있는 톰 구이디의 이마에 촉수를 가져다 댄 외계인이 조용히 기도하는 스틸 컷이었다. 시래가 세상에서 가장 좋아하는 영화 장면 중 하나다. 나의 외계인이시여, 어디 계시나이까. 시래가 중얼거렸다. 시래의 민둥한 두상이 달빛에 비치고 있었다.

시래의 부모님은 시래가 얼마 못 가 흰 수건을 던질 거라고 생각했다. 용돈을 끊는 것만큼 자식의 숨구멍을 확실하게 틀어막는 방법은 없다고 믿는, 꽤나 전통적인 부류의 부모였기 때문이다. 그러나 시래에게는 다른 숨구멍이 있었다. 바로 세 명의 친구와 양푼이였다.

저녁마다 부모님의 잔소리를 견디며 집에서 밥을 먹긴 싫었고, 매번 바깥에서 사 먹자니 체크 카드 속 용돈이 바닥을 보이고 있었다. 확 단식 시위라도 해 버릴까 생각하던 중에 기막힌 아이디어를 낸 건 이번에도 예은이었다.

"우리 이번 학기에는 양푼이로 비빔밥 만들어 먹어 볼까? 스카가기 전에 편의점에서 대충 때우는 것도 지겨워 죽겠어."

예은은 방학 내내 스터디 카페 투어를 다니다가 최근 한 곳에 정착했다. 도암고등학교와 꽤 멀리 떨어진 곳인 데다 시설이 아주 쾌적하다고 했다. 말의 순서로 미루어 보아 도암고와 멀리 떨어져 있다는 게 더 중요해 보였다.

그놈의 장한주……. 아직도 예은 안에 숨어 있다가 불쑥불쑥

튀어나오는 그 두더지 같은 놈을, 시래는 뿅망치로 갈기고 싶다고 생각했다.

"좋은데? 나도 이제 너희랑 저녁 먹을 시간 있으니까 잘됐다."

보민은 유리와 함께 다니던 학원을 그만두고 동네에 있는 종합학원으로 옮겼다. 유리와의 접점을 끊어 내는 편이 좋을 거라는 건 모두가 알고 있었지만, 보민이 그렇게 큰 결단을 내린 것은 놀라운 일이었다.

한편 종희는 바깥에서 저녁밥을 사 먹고 학교로 돌아와 자율학습을 할 계획이었다고 했는데, 양푼이비빔밥을 만들어 먹는 게 시간도 아낄 수 있고 돈도 아껴지니 더 좋을 것 같다고 말했다.

그렇게 모두의 승인을 받은 뒤, 양푼이 클럽은 디저트류에서 식사류로 사업을 확장하게 되었다.

양푼이비빔밥에 들어갈 밥은 보민이 챙겨 왔다. 건강 관련 유튜브를 챙겨 보는 보민이 때마다 유행하는 곡식의 종류와 그 효능에 대해 설파한 탓에 보민의 집에는 흑미, 귀리, 곤약, 병아리콩, 찹쌀, 차조, 검은콩 등 온갖 종류의 잡곡 포대와 밥이 남아돌았다. 보민의 엄마는 드디어 그것들을 처리할 수 있게 되어 기쁜 마음으로 밥을 지원해 주었다.

적상추와 콩나물은 예은 담당이었다. 집 베란다에서 예은의 엄마가 살뜰히 키운 채소라고 했는데, 그런 귀한 걸 멋대로 뜯어 와도 되는지는 의문이었다.

종희는 참치 캔과 고추장을 가지고 왔다. 참치 캔은 돈이 꽤 많이 드는 재료이므로 공금을 모으자는 이야기가 나왔었다. 그러자 종희에게서 길고양이들 주려고 한 박스 사 둔 거니까 괜찮다는 답변이 돌아왔다. 그건 그것대로 괜찮지 않은 거 아닌가……. 길고양이 밥까지 뺏어 먹는 한심한 인간이 된 기분이었다. 하지만 비빔밥에는 참치 캔이 필수라 생각했으므로, 아이들은 적당히 자신의 양심과 타협했다.

시래는 집에서 열무김치와 참기름과 깨소금을 '훔쳐 왔다'. 야금야금 티 안 나게 훔칠 수 있는 식재료를 선점한 것이다. 열무김치는 김치냉장고 맨 아래 칸에 있는 통에서 가위로 조금씩 잘라 담아 왔고 참기름과 깨소금은 찬장에 있는 여분을 가져왔다.

초가을의 선선한 바람이 별관을 기분 좋게 감쌌다. 평화로운 분위기의 다목적실에서 만들어 먹는 양푼이비빔밥은 한여름의 빙수와는 또 다른 즐거움을 안겨 주었다. 캔 참치의 짭짤하고 자극적인 맛과 참기름의 풍미가, 아삭아삭한 적상추와 콩나물의 식감이, 새콤한 열무김치와 달착지근한 고추장이, 고소하게 감칠맛이 도는 깨소금이. 거기에 노랗거나 까맣거나 간간이 주황색, 혹은 초록색이기도 한 잡곡밥까지 양푼이 안에서 어우러지자 도무지 숟가락질을 멈출 수 없을 만큼 중독적인 맛이 완성됐다. 바야흐로 하늘은 높고, 말과 아이들은 살찌는 계절이었다.

용돈을 끊은 뒤 혈색이 더 좋아 보이는 막내딸을 어떻게 하면 좋을지, 밤마다 시래 부모님의 시름이 깊어져 갔다. 머리를 빡빡 민 데다가 집에서는 거의 절식을 하고, 묵언 수행까지 하고 있는 시래의 뒷모습은 당장이라도 속세를 떠날 것 같아 둘에게 막연한 두려움을 안겼다.

대체 뭐가 되려고 저러는 걸까. 아니, 이미 뭐가 되어 버린 건 아닐까. 새벽녘에 화장실을 가다 말고 시래의 방문을 빼꼼 열어 보면서, 엄마는 불길한 예감에 시달렸다.

*

몸이 건강한 건 좋은 일이었지만, 시래의 마음 상태는 그다지 건강하지 않았다. 삭발로 얻었던 즐거움과 신선함은 동나 버린 지 오래였다.

2학기 시험 기간은 유난히 짧았다. 시험이 얼마 남지 않자 주요 과목이 아닌 수업은 모두 자습 시간으로 대체되었다. 반에서 연 필 한 자루 올려놓지 않은 깨끗한 책상은 시래의 자리뿐이었다.

사는 게 왜 이렇게 따분할까? 다들 자리에 앉아서 죽은 듯이 공 부하는 게 어렵지 않아 보이는데, 나는, 나만 이렇게 괴로운 이유 가 뭘까?

존재론적 고민에 빠져 있던 시래는 1분단 쪽 창밖으로 고개를 돌렸다.

지금 당장 운동장에 운석이 떨어지면 좋겠다. 아니면 갑자기 복도에서 비명이 터지고, 좀비가 된 선생님들이 우르르 달려오는 좀비 아포칼립스물 속 세상이 되면 좋겠다. 탕! 의외로 총을 들고 있는 건 교장 선생님일지도······

탕!

도덕 선생님이 시래의 책상을 출석부로 내려쳤다.

"최시래, 책상에 책도 안 올려 두고, 팔자가 좋아 보이네. 곧 고등학교 입학하는데 위기감이랄 게 없는 거니? 아니면 반항하는 거야?"

아, 또다. 삭발한 이후 반항이라는 단어를 어찌나 많이 들었는지, 시래 자신조차 내가 반항하고 싶어서 머리를 밀었나? 라고 착각을 할 정도였다. 정말 반항심에 들끓는 학생이기라도 했다면 이렇게 억울하지는 않았을 것이다. 시래는 무엇에 반항해야 하는지, 혹은 무엇과 싸워야 하는지 몰랐다. 모르니까,

"그래서 안 가려고요, 고등학교."

갈 수 없는 것이다. 여기서 뭘 하고 있는지도 모르는 채로 시간만 죽이는 건 지난 구 년 동안 충분히 했다.

시래가 폭탄선언을 하자 토끼 눈이 된 아이들이 일제히 뒤를 돌아 시래를 바라보았다. 담임 선생님이 컴퓨터 프로그램을 돌려 무작위로 배정한 자린데, 하필 맨 뒷자리에 당첨되는 바람에 더 극적으로 아이들의 시선을 받아 버리고 말았다.

도덕 선생님이 무엇을 어떻게 부풀려 전달했는지는 몰라도, 담임 선생님은 시래에게 종례가 끝난 뒤 상담실에서 보자고 했다. 보민과 종희, 예은은 저녁을 먹지 않고 기다리겠다고 했다. 셋도 자신들 나름대로 할 말이 많은 표정이었다. 고등학교에 진학하지 않을 거라는 말에 적잖이 충격을 받았을 것이다.

그러나 시래는 종례가 끝나자마자 학교를 빠져나왔다. 휴대폰도 꺼 두었다. 시래가 작정하고 저지른 첫 반항이었다.

그러니까, 요시다 요시노리와의 만남은 적당한 충동과 겹겹이 쌓인 우연, 긴 시간 소용돌이치던 시래 안의 고뇌가 만들어 낸 총체적인 결과물이었다. 사람들은 흔히 그것을 '운명'이라는 이름으로 부른다.

"다코야키 주세요."

시래는 온몸이 너덜너덜했다. 퇴근 시간의 지하철은 만만하게 볼 것이 아니었다. 역으로 가서 가장 먼저 도착한 지하철을 잡아 탔는데 정차할 때마다 사람들이 파도처럼 밀려들었다. 여기서 더 탈 수 있다고……? 라는 생각을 역마다 하다가 결국은 무슨 역인지 보지도 못하고 허겁지겁 모르는 곳에서 내려 버렸다. 내린 후에는 마음에 드는 숫자를 아무거나 찍어 그 출구로 올라갔다. 골목이 나올 때마다 왼쪽으로 꺾었다. 그랬더니 어느새 한적하고 단정한 주택 단지에 들어와 있었다.

그리고 눈앞에, 다코야키 트럭 하나가 덩그러니 서 있었다. 밤바다 위의 오징어잡이 배처럼 주황빛 알전구 조명이 반짝반짝 빛나는 트럭이었다. 어쩐지 꿈에서 만난 것 같은 풍경이었다.

트럭의 분위기와는 그다지 어울리지 않는 젊은 남자가 다코야키 재료를 정리하고 있었다. 안경을 끼고 짙은 먹색 바람막이를 입은 남자. 며칠 동안 머리를 감지 못한 모양인지 머리에는 까치집이 커다랗게 얹어져 있었다. 잠이 덜 깨서 못 들은 걸까. 시래는 조금 더 큰 소리로 다시 한번 말했다.

"저, 다코야키 와사비치즈 맛 하나 주시겠어요?"

인기척에 놀랐는지 남자가 고개를 휙 쳐들었다. 맹꽁이 같은 눈으로 시래를 끔뻑끔뻑 쳐다보던 그가 주머니에서 꺼낸 물건은 다름 아닌 무전기였다.

"네, 선배님…… 다른 건 다 괜찮고요, 여기 학생이 한 명 들어왔는데요."

곧이어 안경 낀 남자와 똑같이 머리에 까치집을 얹은 남자 한 명이 뛰어와 상황을 설명해 주었다. 이곳에서 약 한 시간 뒤에 영화 촬영이 예정되어 있다고 했다. 다코야키 트럭은 그것을 위한 세트 같은 것이라고. 인근을 통제한다고 했으나 시래가 워낙 샛길로 들어오는 바람에 벌어진 사사로운 해프닝이었다.

설명을 듣던 시래의 홍채가 한밤중의 고양이 눈동자처럼 커다랗고 환하게 빛났다. 우아아. 절로 탄성이 나왔다. 내가 지금, 영화 촬영 현장에 있다! 상황을 파악하자 엄청난 충격과 자극으로 시래의 혈관에 피가 빠르게 돌기 시작했다. 얼굴에 열이 홧홧하게 올랐다.

"촬영하는 거요, 뒤에서 구경하면 안 될까요? 방해 안 되게 저 멀리서, 아주 멀리서 보기만 할게요. 촬영 내용도 비밀로 할게요. 저 SNS도 안 하고 친구도 몇 명 없어요."

일부러 연출한 건 아니었는데 목소리가 가늘게 떨려 한층 더 애처롭게 들렸다. 선배라고 불린 남자가 으음, 앓는 소리를 내며 미간을 찌푸렸다.

"그러면 학생, 혹시, 다코야키 좀 먹어 줄 수 있어요? 대충…… 두 시간 정도."

두 시간 동안 다코야키를 먹어 본 적은 없지만 시래는 일단 목이 부러질 듯이 고개를 끄덕였다.

"민엽아, 요시다 감독님께 사람 구했다고 전해 드려라."

그 말에 안경 낀 남자, 민엽이 후다닥 어디론가 뛰어갔다.

대기하던 시래가 인터넷 검색과 번역기 프로그램을 통해 알게 된 사실은, 요시다 요시노리 감독을 나타내는 두 가지 키워드가 바로 '현장성'과 '쪽대본'이라는 것이었다.

요시다 요시노리. 한국계 일본인으로, 총 세 편의 영화를 연출한 열도의 중년 감독이다. 그가 만드는 영화의 규모는 언제나 소박하고, 지나치게 정적이라는 비평이 많았다. 흥행과는 거리가 먼 작품만 세상에 내놓는다는 의미였다.

요시다 요시노리의 꿈은 언젠가 한국의 빌라촌에서 올 로케이션 촬영을 하는 것이다. 그것은 마음속에 내내 간직하고 있었던 한국에 대한 호기심과 애정 때문이기도 하겠지만, 그가 가진 커다란 모험 정신과 자기 확신에서 비롯된 것이기도 하지 않을까.

포털을 뒤지자 몇 년 전 모 영화 잡지의 에디터와 나눈 대담 형식의 기사가 짤막하게, 그것도 단 한 개만 나왔다. 한국에서는 무명에 가까운 감독인 듯했다. 기사를 읽어 내리던 시래의 입이 서서히 벌어졌다.

이 감독, 내 취향을 몽땅 담아서 빚어 낸 사람이다.

좀처럼 긴장하지 않는 성격이지만, 시래는 더 이상 평소 같을 수 없었다. 후들거리는 다리를 들키지 않기 위해 무릎에 힘을 주고 꼿꼿이 서 있어야 했다. 아이들로부터 어디서 뭐 하고 있냐는 연락이 쏟아지고 있었지만 지금은 말해 줄 수 없었다. 사실, 말한다고 믿어 줄지도 의문이었다.

민엽이 자주색 후드 집업을 들고 시래에게 다가왔다.

"이거 입으시면 되고요, 감독님께 들으셨겠지만 그냥 다코야키 먹는 중학생 역할이에요. 어차피 뒷모습만 나올 거라 특별하게 먹을 필요도 없고…… 물론 다코야키를 특별하게 먹을 방법도 없긴 하겠지만……."

민엽이 확신 없는 말투로 중얼거리며 목덜미를 긁었다. 확신이 없기는 시래도 마찬가지였다. 촬영 현장을 구경하고 싶은 마음에 부탁해 보았을 뿐인데, 갑자기 엑스트라로 섭외되었으니까.

다코야키 트럭 앞에 중학생 한 명 정도 서 있는 게 더 현실감 있지 않겠냐는 요시다 감독의 즉석 아이디어에 스태프들이 보조 출연자를 구해야 할지 논의를 거치던 중이라고 했다. 요시다 감독이 꼭 실제 중학생이었으면 좋겠다고 덧붙였으므로, 민엽은 올해 중학교 1학년이 된 조카에게 전화를 걸어 볼 작정이었다. 그때 타이밍 좋게 눈앞에 시래가 나타난 것이다.

"인생에는 늘 영화보다 더 영화 같은 순간이 있네요. 그렇죠?"

민엽이 가슴을 쓸어내리며 말했다. 모든 게 순식간에 벌어진 일이었지만 시래는 알고 있었다. 이건 틀림없는 외계 전파다. 그토록 기다려 왔던 외계 전파가 나를 이곳으로 불렀어.

"액션!"

후드를 뒤집어쓴 시래는 이쑤시개로 다코야키 한 알을 콕 찍어 입에 넣었다. 소품이라 대충 만들었을 줄 알았는데 맛이 꽤 훌륭했다. 문어가 통통하게 씹히는 게 웬만한 다코야키 전문점보다 나았다. 뭐야, 이거 아까 그 민엽이라는 사람이 만든 건가? 그 사람 아무래도 직업을 잘못 정한 것 같은데.

카메라를 등진 시래가 다코야키를 씹는 동안, 맞은편의 중년 배우는 버석버석한 표정으로 꼬챙이를 이용해 다코야키를 굴리고 있었다. 쇄골까지 내려오는 중단발이 무척 잘 어울리는 여자였다. 독립 영화 전문 배우인 건지, 영화를 많이 본 시래에게도 낯선 얼굴이었다.

아무렴 나보다 낯설까. 이 현장에서 가장 낯선 사람은 단연 자신이었다.

시래는 다코야키를 먹고 먹고 또 먹었다. 영화에서 몇 초나 쓰일지 모르는 이 장면 하나를 위해 수십 번을 찍고 또 찍는 사람들의 열정이 대단했다. 그래서 시래도 최대한 열정적으로 다코야키를 씹었다. 그들의 열정에 누가 될 수는 없었다.

몇 번째 테이크였을까. 갑자기 시래의 정강이에 부드러운 것이 닿았다. 조그만 고양이 한 마리가 시래의 다리 사이를, 꼭 물고기가 헤엄치듯 살랑살랑 지나고 있었다.

놀란 시래가 작게 탄성을 지르고 말았으므로 이번 테이크는 NG일 게 분명했다. 시래는 자신의 잘못도 아닌데 심장이 쪼그라드는 것을 느꼈다. 느꼈지만…… 고양이가 너무 귀여워서 참을 수 없었다. 이렇게 애교 많은 고양이를 모른 척하는 건 인간으로서 도리가 아니었다.

결국 시래는 쪼그려 앉아 고양이의 등을 슥슥 쓰다듬어 주었다. 앉을 때 움직임이 컸던 바람에 쓰고 있던 후드가 훌렁 벗겨졌다. 시래의 밤톨 머리가 그대로 노출되었다.

"……컷! 오케이!"

잠시 후, 요시다 감독이 컷을 외쳤다. 시래는 그제야 주위를 둘러보았다. 돌발 행동은 저 고양이가 먼저 했어요. 저한테만 책임을 물으시면 안 돼요. 민엽을 붙잡고 해명이라도 할 셈으로 천천히 몸을 일으켰다. 그런데 민엽과 조감독이 시래를 보며 고개를 끄덕였다. 요시다 요시노리의 얼굴은 카메라에 가려 잘 보이지 않았다.

편집 때 날릴 확률이 높지만 마지막 테이크에서 현장 느낌이 나쁘지 않은 것 같았다고, 여전히 확신 없는 말투로 민엽이 전해주었다. 마침 고양이가 출현한 것까지 자연스러워 일부러 테이크를 끊지 않았다는 게 요시다 감독의 의견이라고 했다.

"안 떠시네요. 뒷모습만 나온다고 말씀드려도 긴장한 게 티 나는 분들이 많거든요."

"다코야키가 맛있어서 긴장이 안 됐어요. 파는 것만큼 맛있었어요."

진짜예요. 힘을 주어 강조하자 민엽이 안경을 고쳐 쓰며 웃었다. 그는 마치 칭찬을 처음 받아 본 사람처럼 쑥스러워했다. 적어도 이 현장에서는 그다지 칭찬받을 일이 없는 막내 스태프인 것이 확실했다.

칭찬을 받았으니 돌려주어야 예의라고 생각한 건지, 민엽이 시래에게 한 번 더 말했다.

"가끔 알바 개념으로 가볍게 보조 출연하러 왔다가 아예 연기로 전향하는 사람들이 있거든요. 재능 있으신 것 같아요. 그리고 머리, 머리 스타일도 인상적이에요. 요시다 감독이 손가락으로 학생분 머리 가리키면서 각코이데스, 멋있네요라고 하는 거 제가 똑똑히 들었어요."

민엽의 말이 유성처럼 시래에게로 쏟아졌다. 아주 반짝이고 소중한 순간이라는 걸 깨달았지만 붙잡아 둘 방법이 없는, 그런 별똥별이 쏟아지는 저녁이었다. 곧이어 스태프를 찾는 무전기가 울려 민엽은 다시 촬영장으로 서둘러 달려갔다.

우연히 외계 생명체와 교신한 톰 구이디가 이렇게 벅차고 얼떨떨한 기분이었을까? 시래는 집으로 돌아가는 지하철 차창 밖으로 달빛이 비추는 강물을 멍하니 바라보았다. 영혼이 강물을 따라 넘실넘실 가출해 버린 것 같았다.

갑자기 생겨난 꿈의 무게가 무거워서인지, 그날 밤 시래는 몸살에 걸린 것처럼 온몸이 뻐근했다. 그러나 요시다 감독의 영화를 찾아보느라 잠들 수 없었다. 꿈결같이 뿌옇고 몽롱한 색감의 화면이 요시다 요시노리 특유의 스타일인 듯했다. 그러고 보니 다코야키 트럭도 딱 이런 느낌이었지.

그의 영화를 보고 있자니 요시다의 렌즈에 자신이 잠깐이나마

담겼다는 사실이 뒤늦게 믿기지 않았다. 이러다 뻥! 하고 터져 버릴까 무서울 정도로 심장이 빠르게 뛰었다.

"離さないで(놓지 마세요)。"

하나사나이데. 카메라 렌즈를 정면으로 응시한 배우가 마치 화면 너머의 시래를 바라보듯 또박또박 대사를 뱉었다. 놓지 마세요. 주문처럼 느껴지는 말이었다. 시래는 명치께가 욱신거리는 것을 느꼈다. 따분하게 흘러가던 잿빛 일상에서, 결코 놓칠 수 없는 열병이 시작되었다.

*

양푼이비빔밥에 고추장 대신 불닭 소스를 넣은 건 종희 때문이었다.

종희는 2학기가 시작되자마자 청소년 기후 변화 토론 대회를 준비하더니 곧 "지구를 위해서 인간이 사라져야 될 것 같아"라는 말을 달고 살았다. 거대한 규모로 몹시 빠르게 나빠지는 시스템들을 매일매일 찾아 보면서 좌절하지 않기란 쉬운 일이 아니다. 스트레스가 심한 모양인지 종희가 하도 맵고 자극적인 맛만 찾아대서, 시래가 불닭 소스를 넣어 보자고 한 것이다.

태연한 척 밥을 긁어 먹고 있었지만, 시래는 알 수 있었다. 모두가 시래의 입이 열리기만을 기다리고 있다는 걸. 매점에서 사 온

반숙란을 숟가락으로 으깨다 말고 시래가 고개를 쳐들었다. 어차피 속내를 숨기거나 하고 싶은 말을 빙빙 돌리는 건 체질에 맞지 않았다.

"얘들아, 나 어제 외계인과 교신했어. 한 번도 가 본 적 없는 동네에서 한 번도 본 적 없는 종족들을 만났어. 그 외계인들이 내가 커서 뭐가 되어야 할지 알려 줬어. 하나사나이데. 놓지 말라는 뜻이야. 그래서 나, 배우가 될 거다."

"잠깐, 잠깐만. 하나씩 얘기해 줄래? 나 지금 네가 뭐라고 한 건지 하나도 모르겠거든?"

예은이 혼란스러운 얼굴로 시래를 제지했다. 다른 두 명의 표정도 다르지 않았다. 네 사람 모두 불닭 소스의 여파로 헥헥거리고 있었으므로, 여러모로 열을 식힐 시간이 필요했다.

시래는 얼얼한 양 볼에 손등을 가져다 대며 열을 내렸다. 그러고는 어제 자신에게 벌어진 이야기를 차근히 들려주었다.

시래의 말이 끝나기도 전에 예은은 인스타그램으로 요시다 감독의 계정을 찾아보았고, 보민은 오늘도 그 동네에 가 보자고 난리였다. 요란한 반응을 뚫고 종희가 산뜻한 어조로 말했다.

"그럴 것 같았어."

"그럴 것 같았다고? 설마 내가 모르는 동네에 가서 엑스트라 배우로 데뷔하게 될 것 같았단 말이야? 그걸 예상하고 있었단 말이야?"

"그게 아니라, 시래 네가 사람들 앞에 서는 일을 하게 될 것 같았다고. 너 삭발한 뒤로 길거리에서든 학교에서든 사람들이 엄청 쳐다봤잖아. 대놓고 수군거리면서 불쾌하게 구는 사람들도 있었고. 나였으면 당장 스트레스성 위염이 생겼을 텐데, 넌…… 그걸 즐겼어. 아주 즐겼어."

"맞아, 시래는 그런 걸로 기죽지 않지."

보민이 맞장구를 쳤다. 배우가 되겠다는 시래를 그 누구도 비웃지 않았다.

시래는 촬영 현장의 뜨겁고 고요했던 분위기에 대해 말하고 또 말했다. 아무리 반복해도 질리지 않을 것 같았다. 눈 감는 그날까지 어제의 기억을 무용담처럼 말하고 있을지도 몰랐다. 요시다 요시노리가 세상을 보는 렌즈가 시래의 각막에도 삽입된 것인지, 오늘따라 눈에 닿는 풍경들이, 마음에 닿는 말들이 죄다 새것 같았다. 시래는 어제부로 새로 태어난 사람이었다.

어느 날, 술에 취한 채 귀가한 아빠는 시래의 방문턱에 기대어 이렇게 말했다. 세상은 그리 호락호락한 곳이 아니다. 꼭 사회가 필요로 하는 사람이 되어 누구도 널 무시하지 못하게 해야 한다. 너처럼 아무 생각 없이 살다가는 반드시 후회하는 날이 온다.

그때 시래는 1980년대 군사 정권 시대의 학생 운동에 관한 영화를 보고 있었다. 거리에 중고등학생들이, 대학생들이 쏟아지는 장면이었다. 시위대 맨 앞에 선 가녀린 여자 주인공의 눈빛이 범처럼 형형했다. 자신이 저 시대에 태어났다면 그처럼 용기를 낼 수 있었을지 고민해 보던 참이었다. 시래는 스페이스 바를 눌러 재생을 멈추고 아빠의 술주정이 끝나기를 잠자코 기다렸다.

단 하루도 아무 생각 없이 살아 본 적이 없다고 하면 아빠가 믿어 줄까. 영화를 볼 때마다 주인공의 삶이 내 삶이 된다고, 그들의 고민이 내 고민이 되어 몇 날 며칠씩 그 생각에 빠져 있기도 한다고. 그렇게 아빠는 모르는 내 세계를 설명하면 이해받을 수 있을까. 말이 통하지 않을 게 분명했기 때문에 그날도 시래는 입을 다무는 수밖에 없었다.

이해받을 수 없다면 차라리 침묵하는 게 낫다는 걸, 긴 시간 몸으로 부딪쳐 익혀 온 시래였다. 그러나 가장 가까운 사람들에게 나를 나로서 인정받고 싶다는 희망은 맷집이 좋았다. 아무리 얻어맞아도 마음 안에서 자꾸자꾸 피어났다.

"가족들한테 말해야겠어. 기죽지 않고 제대로 말해야겠어. 배우가 될 거라고."

이번에도 쉽게 인정받을 수 없을 것이다. 그런데도 말하고 싶어서 이토록 입이 근질거리는 이유는 단 하나였다. 자랑하고 싶으니까. 인생 처음으로 생긴 내 꿈이 얼마나 반짝거리고 아름다운지, 말해 주고 싶으니까.

"좋아, 좋은데, 좀 전략적으로 말을 해. 버펄로처럼 들이받지만 말고."

예은이 팔짱을 끼고 심각하게 조언해 주었다. 협상을 하란 말이야. 자식으로서 네가 가진 패를 이용해야지.

그때, 시래의 머릿속에서 슬롯머신이 경쾌하게 돌아가다가 한 곳을 가리키며 멈추었다. 자신에게는 조커 카드가 있었다.

'고등학교 진학'이라는 카드.

시경은 이제 막 회사에 입사한 사회 초년생이고 시오는 재수생이다. 그런 둘이 일정을 맞추어 본가에 집결했다는 건 그만큼 사안이 중대하다는 의미였다. 안 그래도 시한폭탄 같은 막내가, 가족들에게 할 말이 있다고 언니들을 불렀다.

평화로운 주말 저녁, 6인용 부엌 식탁에는 적막과 긴장감이 감돌고 있었다. 시래는 머릿속으로 일주일 넘게 달달 외운 발표문을 다시 한번 정리해 보았다. 대부분의 문장은 각종 대회에 강한 종희가 작성해 주었고, 너무 강경한 표현은 주로 보민이 수정해 주었다. 예은은 시래의 표정이 최대한 풀 죽은 강아지처럼 보이도록 안면 근육을 움직이는 법을 코칭해 주었는데, 은근히 예은이 가장 많은 도움이 되었다.

"고등학교 갈게요. 그동안 속 썩여서 죄송해요."

엄마가 미처 안도의 한숨을 내쉬기도 전에, 시래는 재빨리 덧붙였다.

"배우가 되고 싶어요."

그러고는 우연히 카메라 앞에 설 기회가 생겼는데 그 느낌을 잊지 못하겠다고, 진정으로 하고 싶은 걸 찾았다고 차근차근 말을 이어 갔다. 고등학교에 입학하면 아르바이트를 해서 연기 학원에 다닐 생각이니 허락해 주시면 좋겠다고 앞으로의 계획도 조리 있게 설명했다.

시래에게는 이 모든 것이 수지 타산이 맞는 장사처럼 느껴졌다. 자기 입장에서는 가고 싶은 학과가 생겼으니 고등학교를 가는 건 전혀 문제가 되지 않았고, 부모님은 자신의 고등학교 진학을 원하니 응원만 해 주면 된다고 생각했다.

그러나 그건 시래의 무지갯빛 상상일 뿐이었다. 각양각색의 반응이 돌아왔다.

아빠: 남들 다 가는 고등학교를 간다는 걸 이렇게 발표씩이나 하는 걸로도 모자라서 감히 조건까지 다느냐?

엄마: 세상 물정을 아무리 몰라도 그렇지, 매일같이 영화만 보더니 이제는 아예 영화배우를 하겠다고 나서느냐?

시경: 그 바닥이 얼마나 혹독한 곳인데 돈도, 백도 없는 네가 어떻게 살아남겠느냐?

시오: 배우를 하기에는 네 얼굴이 다소 밋밋하지 않느냐?

귓가에 폭격처럼 쏟아지는 말들을 들으면서, 시래는 단전에서부터 차갑게 피어오르는 화를 다스렸다. 역시 나랑은 장르부터가 달라. 애초에 문법이 다른 영화들이라 섞일 수 없는 것이었는데 괜한 노력을 했다.

갑작스럽게 스트레스를 받은 몸의 저항 작용인지, 불닭 소스를 왕창 넣은 비빔밥이 강렬하게 먹고 싶었다. 아니, 밥이 아니라 양푼이 클럽 아이들이 보고 싶은 건지도 몰랐다.

악어, 사자, 치타, 아나콘다. 물속에서건 땅 위에서건 맹수는 대개 숨죽이고 있을 때가 가장 위험한 법이다. 시래는 약 2주간 숨을 죽인 채 얌전하게 지냈다. 9월 마지막 날부터 시작되는 이른 시험 일정 때문에 다시금 정신없이 공부하는 아이들 사이에서, 시래는 원래의 시래로 돌아온 것처럼 보였다. 여전히 수업 시간에 잠을 잤고 급식실에서 예은과 티격태격 말싸움을 했으며, 자습 시간에는 이어폰을 꽂고 혼자 영화를 보았다.

집에서도 아무것도 달라진 게 없는 듯 행동했다. 고등학교에 가겠다는 말이 시래의 입 밖으로 나온지라 엄마는 다시 용돈을 슬그머니 주기 시작했다. 한편 아빠는 더 이상 시래의 방문을 벌컥벌컥 열고 "그놈의 영화 그만 보고 미래를 제대로 설계하라"는 잔소리를 하지 않았다. 시래 또한 스페이스 바를 눌러 잘 보고 있던 영화를 정지한 채 아빠의 잔소리를 흘려듣지 않아도 되었다. 그것이 무엇을 의미하는지, 시래는 하던 일을 멈추고 곰곰이 생각해 볼 때가 있었다.

시험을 하루 앞둔 날, 시래는 학교에 가지 않았다. 교복을 잘 차려입고 집을 나선 뒤 그대로 경로를 이탈했다. 시내버스를 타고 기차역으로 갔다. 공항만큼이나 커다란 역이라 정신 줄을 잘 부여잡고 길을 찾아야 했다. 다행히도 헤매지 않고 부산행 플랫폼을 찾았다. 에스컬레이터를 타고 플랫폼으로 내려가기 직전, 기차에서 먹을 빵과 우유도 한 개씩 구매했다.

비닐봉지를 달랑달랑 흔들면서, 시래는 부산행 KTX에 몸을 실었다. 무단결석이라는 폭탄을 사방에 던진 열여섯 학생치고 몹시 가붓하고 주저 없는 동작으로.

기차에는 교복 입은 학생이 시래 한 명뿐이었다. 그러나 평일 이른 아침이어서 그런지 사람들은 피곤한 눈으로 휴대폰 액정만 바라볼 뿐, 누구도 시래를 흘끔대거나 이상하게 여기지 않았다. 시래는 간이 책상을 펼친 뒤 마음 편히 빵과 우유를 먹었다. 그리고 휴대폰으로 '부산 국제 영화제 일정'을 검색해 보았다.

매년 10월 첫째 주 수요일이면 부산 국제 영화제가 개막한다. 세계 영화인의 축제. 세계 시민이자 영화를 사랑하는 시래가 가지 않을 이유가 하나도 없는 축제였다.

며칠 전, 시래는 차곡차곡 모은 용돈을 털어 보고 싶은 영화표와 왕복 기차표를 예매해 두었다. 영화 정보와 이벤트, 굿즈 스토어 등을 찾아보기 위해 처음으로 인스타그램과 트위터 앱을 깔아 공식 계정을 구독하기도 했다. 매일 밤 설레어 이리저리 뒤척이고 자세를 고쳐 누웠다. 입방정을 떨면 계획이 틀어질지도 모른다는 생각에, 한동안 모든 일을 음 소거 상태로 진행했다.

이 여정이 반항도, 가출도 아니라는 걸 부디 한 명이라도 믿어 준다면 좋겠지만, 그럴 가능성은 희박하다고 생각했다. 물론 누가 뭘 어떻게 생각하더라도 시래는 자신 안에 똬리를 튼 꿈의 형태를 눈앞에서 제대로 보고 싶을 뿐이었다. 영화를 사랑하고 영화를 만들고 영화에 등장하는 사람들을, 그러니까 요시다 요시노리와 민엽, 다코야키를 만들던 중년 배우 같은 사람들을 자신의 눈에 다시 한번 담고 싶었다. 그깟 시험 따위, 이토록 뜨겁게 타오르는 마음을 이길 리 없었다.

대전역에서 군복 입은 군인들이 우르르 탔다. 좌석을 찾다가 시래의 머리를 보고 흠칫, 놀란 한 군인과 눈이 마주쳤다.

기차에 사람들이 많이 올라탈수록 시래는 자신이 혼자서 먼 길을 떠나고 있다는 사실을 실감했다. 그러자 덜컥 긴장이 되었다. 시래는 기죽지 않지. 얼마 전 보민이 해 준 말이 정말이면 좋겠다고 생각했다. 한 번도 자기 자신을 그렇게 생각해 본 적은 없지만, 가끔은 친구가 보는 내가 더 나 같을 때도 있으니까.

출발한 지 세 시간쯤 지나자 종착역인 부산역에 곧 도착한다는 안내 방송이 들렸다. 부산. 기억도 안 나는 아기일 때 와 본 뒤로 처음 방문하는 도시였다. 지금과 비슷한 머리 길이의 갓난아기 시래가 아빠에게 핫도그처럼 안겨 있고, 그 옆에서 두 언니와 엄마가 서로를 꼭 껴안고 있는 단란한 가족사진을 앨범에서 본 적이 있다. 말이 통하지 않는 아기일 때는 아빠를 아주 좋아했던 모양인지, 어린 시래는 사진마다 예쁘게 웃고 있었다. 따지자면 언어의 장벽이 있어야 오히려 다정할 수 있는 사이랄까.

하지만 시래는 아빠가 싫지 않았다. 그래서 더 다층적으로 답답하고 미웠다. 우리 서로 싫어하지 않을 수 있잖아요. 그 방법을 잘 생각해 보자고요. 그렇게 회유하고 설득하고 싶었다.

반면 두 언니는 시래에 비해 고분고분 말을 잘 듣는 딸들이지만, 시래가 보기에는 자신보다 아빠를 향해 쌓은 마음의 벽이 훨씬 두꺼운 것 같았다. 아빠는 세 딸 모두에게 사랑받고 싶을 텐데. 시래는 아빠의 외로운 미래를 쉽게 상상할 수 있었다.

"까꿍."

기차 복도에서 포대기에 싸인 갓난아기를 보았다. 시래가 익살스러운 표정을 짓자 아기가 까르륵까르륵 웃었다. 옥수수알 같은 아랫니 밑으로 침이 똑 떨어졌다. 아이의 아빠로 보이는 남자가 검지로 침을 쓱 닦아 냈다. 무심한 손길에서 애정이 느껴졌다.

부산역을 빠져나온 시래는 시내버스를 타고 해운대로, 정확히는 해운대 옆에 위치한 영화의 전당으로 향했다. 어느덧 정오가 다 되어 가고 있었다.

아홉 시가 지났을 때부터 휴대폰에 연락이 쏟아지기 시작했다. 모두 무시하려고 했는데, 등교하다 사고라도 난 거냐는 담임 선생님의 문자와 부재중 전화 몇 통이 마음에 걸렸다. 경찰에 실종 신고를 신고할까 봐 살짝 겁이 나기도 했다.

그래서 예은에게 카톡을 보내 놓았다. 예은이 보민, 종희, 담임 선생님을 다 합친 것보다 많은 연락을 보내 왔기 때문이다.

[최시래는 세계 영화인의 축제에 왔다고 전해 줘. 가출 아니고 현장 체험 학습이라고.]

예은이 뭐라고 전달했는지는 모르겠으나, 담임 선생님은 그 후로 더 이상 연락을 하지 않았다. 몰라, 어떻게든 되겠지.

버스에서 폴짝 뛰어내린 시래는 양팔을 벌렸다. 짭짤하고 끈끈한 바닷바람이 불었다. 부산이야. 인생 첫 영화제라고! 시래는 전에 없이 몸이 가뿐한 것을 느꼈다.

영화의 전당에는 인종도, 성별도, 나이도, 패션도 모두 다른 사람들이 바글바글 모여 있었다. 시래는 굿즈 판매용 부스를 기웃거리다 용돈으로 살 수 있을 만한, 그나마 합리적인 가격의 조그만 배지 하나를 구매했다. 그냥 주머니에 넣을까 하다가 메고 온 배낭 앞주머니에 달아 보았다.

"참나, 이게 뭐라고."

공식적으로 영화인이 된 기분이었다. 그동안 시래는 영화를 제외하면 어디에도 관심이 없었고 무엇도 크게 즐겁지 않았으므로 늘 발아래가 붕 떠 있는 듯했다. 그런데 이 조그맣고 알록달록한 배지 하나가 커다란 소속감을 안겨 주었다. 현실에 발을 붙이게 해 주었다. 영화를 사랑하는 사람들 사이에 자신도 속해 있는 느낌. 함께 이 커다랗고 굉장한 축제를 꾸리고 있다는 감각. 모든 게 다채로웠고 고해상도 화면처럼 선명했다.

"죄다 쓰레기야, 쓰레기. 애사심은 이런 걸로 생기는 게 아니야. 대우가 중요해. 복지가 중요하다고. 사람을 사람으로 보는 게, 그게 중요한 법이거든."

얼마 전 구청 갤러리 개관식에 다녀왔다는 아빠가 배지와 에코 백, 텀블러를 쓰레기통에 던지듯 부으며 말했다. 얼핏 보니 모든 물건에 못생긴 구청 로고가 커다랗게 박혀 있었다.

"그거 그렇게 버리는 거 아니에요. 분리수거 해야 돼요."

시래가 말했다. 아빠는 그 말에 복잡한 생각이 들었는지 시래를 지그시 바라보았다. 나중에 쓰레기통을 열어 본 엄마가 "어머, 이 아까운 걸 왜 버려?" 하며 에코 백과 텀블러를 구조해 냈다. 쓸모없는 배지만이 끝까지 버려지고 말았다.

시래는 부산 국제 영화제의 약자, 'BIFF'가 적힌 배지를 손가락으로 살살 쓸어 보았다. 나는 너를 버리지 않을 거야. 너는 구청 로고처럼 못생기지도 않았어. 꼭 어린 동물을 만지듯이 조심스러운 동작이었다.

자원봉사자에게 길을 물어 미리 예매해 둔 영화를 상영하는 영화관으로 들어갔다. 아프가니스탄 전쟁에 징집된 군인이 주인공으로 나오는 영화였다. 살면서 처음 보는 우즈베키스탄 영화였는데, 살면서 본 영화 중 손에 꼽게 대사가 적었고…… 어려웠고, 또 지루했다. 옆에 앉은 여자들 몇 명이 눈물을 훔쳤지만, 시래는 도무지 감정선을 따라갈 수 없어 눈만 끔뻑거렸다.

영화가 끝난 후 감독과 관객과의 대화 시간이 있다고 했다. 시래는 극장을 빠져나가지 않고 기다렸다. 기회가 주어진다면 감독에게 질문하고 싶은 게 있었다. 그때, 주머니에서 진동이 울렸다.

"응?"

시오였다. 영화의 전당에 와 있으니 죽고 싶지 않으면 밖으로 나오라는 살벌한 경고 문구가 액정에 반짝반짝 떠 있었다.

"재수생이 동생 잡으러 부산까지 와야겠냐? 내 시간이 얼마나 귀한지 몰라?"

시오는 시래를 보자마자 헤드록을 걸었다. 목이 졸리는 와중에도 여긴 어떻게 알고 왔냐는 질문이 기침과 함께 터져 나왔다.

"예은이가 나한테 전화했어."

예은에게 언니들 번호가 있다는 걸 깜빡 잊고 있었다. 시오는 시래를 위아래로 훑으며 이마를 짚었다. 눈앞에 있는 이 막무가내 여자애가 자신의 하나뿐인 동생이라는 걸 도무지 인정할 수 없다는 눈빛이었다.

"엄마 아빠랑 언니도 난리 났어, 너 가출했다고."

"가출 아닌데……."

"네가 아니라고 하면 아닌 게 되냐? 열여섯 살이 학교 빼먹고 부산까지 날아왔으면 그게 가출이야. 무슨 일이라도 생겼어 봐, 너 영영 집으로 못 돌아올 수도 있었어."

시오는 세 자매 중 눈썹이 가장 짙고 눈꼬리도 위로 올라가 있다. 가만히 있어도 어딘가 화가 나 보이는 인상이다. 하필 시오 언니가 오다니. 언제나 첫째 언니보다 둘째 언니가 무서웠던 시래는 기가 죽었다. 보민아, 나는 기가 죽지 않는 사람이 아닌가 봐.

이대로 꼼짝없이 집으로 끌려가겠구나 생각하는데 시오가 한숨을 폭 쉬었다.

"예매한 영화 몇 편 남았어?"

"두 편."

"마저 보고 영화관 옆에 있는 카페로 와. 공부하고 있을 테니까. 엄마 아빠한테는 내가 연락해 둘게."

"언니……."

시래의 감동한 눈빛을 본 시오가 "꼴 보기 싫다"라며 시래의 등을 밀어 버렸다.

덕분에 시래는 인도네시아 영화 한 편과 프랑스 영화 한 편을 더 볼 수 있었다. 영화를 보는 동안에는 시오도, 학교도, 내일 있을 시험도 떠오르지 않았다. 스크린 안으로 들어가 주인공과 함께 보로부두르 사원과 몽파르나스 묘지를 걷기에도 바빴다.

영화를 보고 나오자 어둑한 밤이었다. 바닷가라 그런지 바람의 강도가 집 근처와는 차원이 달랐다. 시오와 시래는 달달 떨면서 부산역으로 갔다. 싫든 좋든 꼭 붙어 앉아 체온을 나눠야 했다. 역사에서 몸을 녹일 겸 뜨끈한 우동을 시켜 먹었다. 시래는 기억나지 않았지만, 예전에 가족여행을 왔을 때도 여기서 우동을 먹었다고 시오가 말해 주었다.

"영화는 재밌었냐?"

"응, 마지막으로 본 영화는 다른 영화제에서도 수상한 작품이래. 여자 주인공 수상 소감을 찾아봤는데, 울 뻔했어."

누구에게나 인생은 단 한 번만 주어지지만, 배우는 다른 사람들의 삶을 마음껏 살아 볼 수 있죠. 그것이 배우라는 직업이 가진 특권이자 아름다움입니다.

트로피에 입을 맞추며 웃던 프랑스 배우의 말이 시래의 심장에 내리꽂혔다.

"가출까지 할 정도의 깡이면 앞으로 뭘 해도 잘하겠어. 계속 너 하고 싶은 거 해. 가출은 빼고."

평소 살가운 자매가 아니었는데도, 관광지가 주는 분위기 때문인지 시래와 시오는 서로가 서로에게 의지하고 있음을 느꼈다. 시래는 언니의 입시가 끝나면 함께 여행을 가도 좋을 것 같다고 생각했다. 엄마와 아빠 그리고 시경을 끼워 줄지는 조금 더 고민해 보아야겠지만.

"이거 처음 말하는 건데, 사실 큰언니랑 나랑 시험 기간에만 담배를 조금씩 피웠거든? 담뱃갑이랑 라이터는 옷장 위에 올려 뒀고. 솔직히 거길 누가 올려다봐? 완전 범죄일 거라고 생각했지."

시래는 경악한 눈으로 시오를 바라보았다. 언니들은 늘 전교 상위권을 다퉜다. 온종일 밖에서 공부하고 와 놓고 또 컴퓨터 책상 앞에 앉아 공부를 시작하는 두 언니를 보면서, 아빠는 늘 언니들을 칭찬하고 시래를 은근하게 타박했다. 시래는 이미 떠나간 과거가 억울해졌다.

"도배를 새로 한다 그랬나, 커튼을 새로 단다 그랬나. 여튼 그것 때문에 엄마랑 아빠랑 둘이 옷장을 옮기다가 위에서 뭐가 와르르 쏟아진 거지. 그날 아빠가 우리를 앉혀 놓고 뭐라고 했는지 알아? 딱 한마디 했어. 미래의 남편한테 부끄러운 짓 하지 마라. 차라리 혼을 내지. 그 말은 진짜 모멸적이었어."

"······웩."

여중과 여고를 졸업한 탓에 언니들이 남자 친구를 만들지 않는 줄 알았는데, 사실은 다 아빠의 어긋난 조기 교육 때문이었다. 부모가 보수적일수록 애들은 급진적인 진보 성향으로 자라난다는 걸 세상의 모든 부모에게 누가 좀 알려 주면 좋을 텐데. 안타까울 따름이었다.

"너무 미워하지 말자. 아직 한창인 척해도 나이 드신 분들이야. 대신에, 지지도 말자."

시오가 꺼억, 트림을 시원하게 했다.

둘은 달콤한 딸기요거트스무디까지 하나씩 챙겨 기차에 올라 탔다. 차창 밖으로 빠르게 지나가는 풍경을 보면서 시래는 세 가 지를 다짐했다. 놓지 않을 것, 사랑할 것, 지지 말 것.

기차역에는 엄마와 아빠가 마중을 나와 있었다. 시오는 부모님 에게 시래를 인수인계한 뒤 학원으로 줄행랑을 쳐 버렸다. 무사 히 잘 다녀왔다고 해야 할지, 데리러 와 주셔서 감사하다고 해야 할지. 어떤 인사도 상황과 잘 맞지 않았다. 무엇보다 인사를 할 타 이밍도 분위기도 아니었다. 차를 타고 집으로 가는 길 내내 숨 막 히는 정적이 이어졌다.

"시험 끝나고 이야기하자."

차에서 내리기 직전 엄마가 말했다.

그날 밤, 아빠는 새벽까지 혼자 소주잔을 기울였다. 시래는 방 문 너머로 그 소리를 들으며 애써 눈을 감았다. 일 분도 지나지 않 아 코를 골며 곯아떨어졌지만.

시험이 끝났다. 시래는 살면서 한 번도 받아 본 적 없는 점수를 받았다. 언제나 일관되게 공부를 하지 않았는데 하필 이번 시험 결과가 유난히 처참한 건 시래로서도 조금 억울한 일이었다.

시험이 끝나자마자 담임 선생님과의 면담이 잡혔다. 아무리 가 출이 아니었다고 설명을 해도 담임 선생님은 완고하게 징계를 내렸다. 교내 봉사 활동으로 2주간 화단 청소를 해야 했다. 위클래스 상담도 받아야 했다.

벌점을 메꾸기 위해 시래는 매일 교내 텃밭을 가꾸고 기다란 집게로 쓰레기를 주우러 다녔다. 오다가다 시래를 바라보는 선생님들의 눈초리는 너 나 할 것 없이 몹시 따가웠다. 봉사 활동보다 그 눈빛들을 모르는 척하는 게 더 난도가 높았다. 무단결석의 여파가 언제까지 이어질지 몰라 시래는 무척이나 피로했다.

문제는 그것만이 아니었다. 보민과 종희, 예은은 시래 혼자서 화장실도 가지 못하게 했다. 시래의 팔을 단단히 붙들고는 당분간 이동 수업이든 화장실이든 혼자서는 어디도 못 갈 줄 알라며 경고했다.

"너는 밀착 감시가 필요한 인물이야."

시래가 반발이라도 하려 하면 네가 시험 전날 갑자기 사라져버리는 바람에 얼마나 놀란 줄 아느냐, 우리 셋의 평균 시험 점수가 5점씩은 떨어졌을 거다 등등의 잔소리가 소시지처럼 줄줄이 딸려 나왔다. 그래서 어쩔 수 없이 당분간 그 체제에 따르는 수밖에 없었다.

주말에는 조금 쉴 수 있을까 싶었는데, 이번에는 엄마와 아빠가 시래를 호출했다. 식탁에는 또 소주병이 올라와 있었는데, 시래는 그것을 필사적으로 못 본 체했다.

"고등학교 가서도 공부와는 담쌓을 계획인 거니?"

"계획은 아닌데…… 그럴 확률이 높아요. 논 만큼 따라잡기가 쉽지 않을 것 같아요."

그 말을 들은 엄마와 아빠는 동시에 한숨을 쉬었다.

"하고 싶다던 연기, 한번 해 봐. 네가 직접 부딪쳐 봐야 똥인지 된장인지 알겠지. 네가 알아서 학원에 다니든 오디션을 다니든 해 봐."

"정말요?"

"대신 한 번만 더 가출해 봐, 그때는 머리를 빡빡 밀어서……."

이미 빡빡 밀려 있는 시래의 머리를 보고 엄마가 그만 입을 다물었다. 가출 아니라니까요. 시래의 웃는 얼굴을 오랜만에 보아서인지, 엄마 아빠가 흠칫 놀랐다.

열여섯과 열일곱 사이에서, 해피 뉴 이어

"종희야, 입김 좀 봐. 꼭 용 같지 않아?"

보민이 하늘을 향해 길게 숨을 뱉었다. 하얀 입김이 굴뚝 연기처럼 피어올랐다. 종희가 그 모습을 놓치지 않고 사진으로 남겼다. 뉴스에서는 기상 관측 이래 세 번째로 추운 겨울이라며 연일 한파 특보를 발령했다. 나머지 두 번의 겨울은 보민과 종희가 태어나기 전이었으므로, 둘에게는 태어난 후로 이 계절이 가장 살벌하고 혹독한 겨울인 셈이었다.

"사람들이 다 걸어 다니는 눈사람 같아."

보민이 중얼거렸다. 거리에 있는 모두가 두꺼운 옷과 목도리를 둘둘 싸맨 채 바삐 걸어가고 있었다.

"우리가 제일 거대한 눈사람이야. 스타킹에, 생활복 바지에, 교복 치마에, 교복 재킷에, 후드 집업에, 패딩에…… 이게 다 몇 겹이야? 나 오늘 신발 끈 묶다가 앞으로 고꾸라질 뻔했어."

"이런 날씨에 교복을 입어야 하는 이유가 뭘까? 보기에 엄청나게 아름다운 옷이면 기분이라도 좋지, 이 자주색은 너무……."

보민은 차마 말을 잇지 못했다.

육교를 오르는 둘의 숨소리가 점점 가빠졌다. 어떤 주제로 대화를 시작해도 결국에는 학교에 대한 불만으로 열을 내는 등굣길이었다. 매일 같은 학교에 다니는데도 매일 새로운 부조리를 발견할 수 있었다.

교실 문을 열자 따뜻하고 건조한 공기가 피부에 닿았다. 서른 명 남짓한 아이들이 하나같이 찜기 속 찐빵처럼 따끈따끈하게 달아오른 얼굴을 하고 있었다. 교실이 더워서인지, 아니면 고등학교 입시 원서를 넣느라 열기가 올라서인지는 알 수 없었다.

순일중학교는 평준화 지역에 속한 중학교이므로 추첨 배정 방식을 통해 고등학교에 진학할 수 있다. 입시 공부를 하지 않아도 되니 마음이 편한가 하면, 그건 아니었다. 눈치 싸움을 통해 머리를 더 섬세하고 촘촘하게 굴려 원서를 써 내야 했다.

"오늘도 엎드려 있네, 한유리. 쟤는 원서 어디 썼대?"

종희가 유리의 자리를 보며 흘러가듯 물었다. 보민도 유리의 마른 등을 가만히 내려다보았다.

"나야 모르지. 여름 이후로 말도 한 번 안 해 봤는걸."

귀에 이어폰을 꽂은 채 엎드려 있는 유리는 누구에게도 방해받고 싶지 않다는 기운을 강하게 뿜고 있었다. 하나로 묶은 머리카락은 여전히 CF 속 모델처럼 새까맣게 윤기가 흘렀으며 빳빳하게 다린 교복은 각이 제대로 잡혀 있었다.

시래의 삭발 이후, 순일중 3학년 2학기 최고의 가십거리는 한유리였다. 보민은 2학기의 유리를 이렇게 진단했다. 손상되었으나 완전히 망가지지는 않은 상태.

지난 11월 제주도 수학여행에서, 유리는 3박 4일간 물을 제외한 다른 음식을 거의 섭취하지 않았다. 관광버스가 식당에 도착하면 졸리다는 핑계로 버스에서 내리지 않고 잠을 잤고, 호텔 조식을 먹기 위해 모두가 집결할 때도 준비가 덜 끝났다는 이유를 대며 숙소에 남아 있었다. 보민은 그런 유리에게 신경을 끄고 싶었지만 자꾸 눈과 귀가 유리 쪽으로 향했다.

"유리야, 그 틴트 이름 뭐야? 나도 발라 봐도 돼?"

"이거? 그냥 오늘 하루 너 빌려줄게. 나 다른 틴트 있어."

유리가 입은 옷, 유리가 사용한 화장품은 수학여행 내내 여자아이들 사이에서 화제가 되었다. 유리는 자신이 가진 것들을 아이들에게 아무 거리낌 없이 내어주었다. 그런 시원한 태도가 유리를 쉽게 미워하거나 질투할 수 없게 만들었다.

말하자면, 유리는 소속사에서 잘 교육받은 완성형 아이돌 같았다. 높은 곳에서 고고하되 친근할 것. 언제나 완벽하되 완벽을 향한 욕망은 감출 것.

보민은 자신이 아이들에게 둘러싸인 유리를 보고 있으면, 꼭 한 번은 유리와 눈이 마주친다는 사실을 알게 되었다. 유리의 눈도 보민을 쫓는다는 뜻이었다. 유리의 검은 돌 같은 눈. 혹은 해안가 안개처럼 휘휘한 그 눈.

먼저 눈을 피하는 사람은 언제나 보민이었다.

'한유리 사건'은 마지막 날 밤, 수학여행의 하이라이트라고 할 수 있는 밤의 숙소 여자 방에서 터졌다. 널따란 방 안에서 아이들은 카드 게임을 하는 그룹, 진실 게임을 하는 그룹, 베개 싸움을 하는 그룹 등으로 삼삼오오 갈라졌다.

보민과 시래, 예은과 종희 그리고 해미까지 다섯 명은 해미가 챙겨 온 젠가를 하고 있었다. 시래가 바들바들 떨리는 손으로 나무 블록을 탑 위에 세우려 하고 있을 때였다. 해미가 한쪽 구석을 가리키며 놀란 눈을 했다.

"유리야, 너 뭐 해?"

집중력을 잃은 시래의 손끝에서 나무 블록이 와르르 무너졌다. 그리고 해미의 손끝에는, 일찍 잠들겠다고 초저녁부터 이불을 깔고 누웠던 유리가 있었다. 유리는 벽에 달라붙어 있었다. 더 정확히는 벽에 귀를 가져다 대고 이상한 말을 웅얼거리고 있었다.

"여기서 무슨 소리가 들리는 것 같아. 내가 꺼내 줘야겠어."

"……뭐라는 거야?"

유리 주변에 있던 몇몇 아이들이 유리를 따라 벽에 귀를 대 보았으나 당연하게도 벽 안은 고요할 따름이었다. 유리는 고양이가 갇혀 있는 것 같다고 했다가, 쥐가 벽 안쪽을 갉아먹고 있는 것 같다고 했다가, 거듭 말을 바꾸며 횡설수설했다. 몽롱한 표정으로 계속 의미가 불분명한 말을 하는 유리를 아이들이 동그랗게 둘러싸기 시작했다.

"유리 혹시 옆 반 갔다 온 거 아니야?"

한쪽에서 그런 말이 휙 날아들었다. 옆 반 아이들 중 작정하고 술을 숨겨 온 무리가 있다는 소문은 이미 수학여행 첫째 날부터 파다하게 퍼져 있었다. 유리가 그 아이들과 함께 술을 마신 게 아니냐는, 꽤 설득력 있는 추측이었다.

"아니야. 유리 쟤, 식욕 억제제 부작용 때문에 저러는 거야."

입을 뗀 건 유리의 짝꿍이었다. 그 애는 유리가 지난달부터 조그만 눈사람 모양 알약을 복용하는 것을 보았는데, 그것이 인터넷에서 본 식욕 억제제와 똑같았다고 했다.

"식욕 억제제 부작용 중에 저렇게 환청 듣는 증상도 있거든."

아이들의 관심이 일제히 유리의 짝꿍에게로 쏠렸다. 그러자 짝꿍은 묘하게 들뜬 말투로 유리가 그동안 얼마나 수상했는지, 자신이 얼마나 오랫동안 그 모습을 관찰하고 관련 정보를 수집했는지에 대해 한참을 떠들었다.

유리는 짝꿍이 옆에서 버젓이 자기 이야기를 하고 있는데도 아랑곳하지 않고 그저 무언가에 씐 듯이 손으로 벽을 톡톡 두드리거나 벽에 가만히 귀를 가져다 대 보곤 했다. 보민은 조용히 자리에서 일어나 담임 선생님을 불러왔다.

그날 밤, 유리는 숙소로 돌아오지 않았다. 유리에 대한 소문은 곰팡이 포자처럼 습기와 악취를 머금은 채 반 바깥으로 퍼져 나갔다. 유리는 하룻밤 새에 무당의 딸도 됐다가 해안 도로에서 만난 귀신에게 씐 아이도 됐다가 수많은 몸과 마음의 병을 앓는 중증 환자도 되었다. 유리의 부모님이 한 번도 학부모 참관 수업에 온 적이 없다는 사실이 땔감이 되어 아이들의 상상력을 더 타오르게 했다.

"그만 떠들고 좀 자자. 왜 그렇게 남의 일에 관심이 많냐?"

새벽까지 유리 이야기를 소곤거리는 아이들을 향해 종희가 따끔하게 말했다. 이래서 수학여행 같은 게 싫다니까. 종희는 다 들으라는 듯 혼잣말을 하며 베개로 귀를 틀어막았다. 보민은 속이 다 시원하다고 생각했다.

다음 날 아침, 담임 선생님과 함께 공항 게이트에서 합류한 유리는 모자를 푹 눌러쓴 채 입을 꾹 닫고 있었다. 몇몇 아이들이 유리에게 슬금슬금 다가가 말을 붙였다.

"유리야, 괜찮아? 우리 방 애들 너 되게 걱정했거든. 어제는 왜 그랬던 거야? 병원에서 뭐래?"

"별거 아니야. 걱정해 줘서 고마워."

유리는 평소와 다름없이 상냥하게 웃었으나 입꼬리에 미세하게 경련이 일어나고 있었다. 누구도, 절대로, 선을 넘어오지 못하도록 애쓰고 있다는 걸 보민만이 조용히 감지했다.

수학여행을 다녀온 뒤로 유리는 담임 선생님과의 면담과 함께 위클래스 상담을 주기적으로 받았다. 그러는 동안 유리의 성격은 서서히 달라졌다. 학교에 도착하면 깡마른 팔을 베고 책상에 엎드려 잠을 잤다. 아니면 이어폰을 꽂고 휴대폰만 바라보면서 외부로부터 자신을 철저히 차단했다. 간간이 걱정하며 다가오는 아이들에게는 무미건조한 어조로 대꾸했다.

어느 날엔가 급식실에서 밥을 먹는 유리를 노골적으로 쳐다보는 아이들이 있었다. 유리가 먹는 약이 식욕 억제제에서 우울증 약으로 바뀌었다는 소문이 한차례 휩쓸고 간 무렵이었다. 무리 중 한 명과 자꾸 눈이 마주치자 유리는 자리에서 일어났다. 그리고 그 아이들을 향해 걸어가 이렇게 말했다.

"뭘 봐."

"……."

"뭘 자꾸 쳐다보고 지랄이냐고."

주변에서 밥을 먹던 아이들이 얼어붙었다. 멍하니 텔레비전을 보다가 방송 사고를 목격한 시청자처럼 다들 얼떨떨한 표정을 지었다.

……와우. 건너편 테이블에서 그 광경을 지켜보던 시래가 감탄

사를 뱉었다. 기겁한 보민이 시래의 입을 황급히 틀어막았다. 유리는 유유히 급식실을 빠져나갔다. 마치 마음속 제어 장치가 고장 난 사람 같았다.

그날 이후 유리는 '싸한 애'가 되었다. 내가 그랬지, 쟤 싸하다고. 쟤 정상 아니라고 그랬잖아. 언젠가 유리가 실수하거나 고꾸라지기만을 기다려 온 아이들이 유리의 험담을 계속해서 실어 날랐다. 모두 유리와 친해지고 싶었으나 각기 다른 이유로 실패한 전적이 있는 아이들이었다. 어떤 악의는 선의로부터, 실패한 선의로부터 출발하는 법이다.

유리는, 그 집요하고 성가신 소음들을 견디면서 그저 빨리 겨울 방학이 되면 좋겠다고 생각했다. 학교에 도착하면 곧장 책상에 엎드린 채로 휴대폰을 만지작거렸다. 그러다 습관처럼 포털 검색창과 유튜브에 헤일리를 입력했다.

'헤일리 공항 패션' '헤일리 메이크업 정보' '헤일리 브이로그' '헤일리 명품 앰배서더' 등, 알고리즘은 꼬리에 꼬리를 물고 헤일리에 대한 더 많은 정보를 유리에게 선물해 주었다.

헤일리는 유리가 최근에 빠진 여자 아이돌이다. 처음에는 패션과 화장법을 참고하기 위해 찾아보기 시작했는데, 정신을 차려 보니 어느새 지갑에는 헤일리의 포토 카드가 들어 있었고 방 곳곳에는 헤일리의 포스터가 붙어 있었다.

"여러분의 반짝이는 아이, 여러분의 사랑스러운 아이 헤일리입니다!"

헤일리의 공식 인사말이다. 보조개가 폭 들어가는 상큼한 헤일리의 웃음을 따라 하기 위해, 유리는 틈날 때마다 화장실 거울을 보며 연습했다. 따라 하고 싶은 것은 비단 웃는 표정이나 화장법, 패션뿐만이 아니었다. 할 수만 있다면 유리는 헤일리의 인생 전체를 자신의 인생에 그대로 복사—붙여 넣기 하고 싶었다.

외교관 아버지와 아나운서 출신 어머니 사이에서 태어난 헤일리는 초등학교 졸업과 동시에 시카고 유학길에 올랐다. 그리고 방학을 맞아 잠깐 한국에 들어왔을 때 대형 소속사 기획자에게 길거리 캐스팅을 당했다. 워낙 금수저 집안인 덕에 연습생 시절에도 금전적 지원을 부족함 없이 받았다는 소문이 인터넷상에 파다했다.

빵빵한 자본과 감각적인 마케팅을 통해 헤일리는 데뷔 앨범부터 메가 히트를 쳐, 단숨에 톱스타 반열에 들었다. 누구든 헤일리를 보고 있으면 그것이 공평하든 공평하지 않든, 푸릇푸릇한 행운과 부드러운 사랑이 흩뿌려진 길을 안전하게 걸으며 일평생 빛나기만 하는 삶도 있다는 것을 인정할 수밖에 없었다.

반면 유리는 스스로가 생각하기에 조금 애매한 위치에 있었다. 물질적으로 부족함 없이 자랐으니 출발선이 맨꽁무니라고 할 수는 없었다. 하지만 정서적으로 채워졌다는 느낌, 사랑받고 있다는 느낌은 자라면서 한 번도 받아 보지 못했다.

둘 중 어떤 가치가 더 중요한 것인지, 어느 쪽이 자신에게 더 필요한 것인지는 알 수 없었다. 다만 어떤 잣대로든 타인과 자신의 인생을 비교하고 우열을 논하는 순간, 삶은 변속 기어가 고장 난 자동차처럼 맹렬하게 내리막길을 향해 달린다. 헤일리와, 손보민이라는 아이가 유리에게 그 사실을 알려 주었다.

유리는 바쁜 부모님 때문에 아주 어릴 때부터 할머니 손에 자랐다. 어린 유리가 느끼기에도 할머니 집은 원래 집보다 훨씬 크고 쾌적했다. 바뀐 잠자리 때문에 밤마다 좀 불편하긴 했어도, 엄마 아빠가 보고 싶어 눈물이 나지는 않았다. 유리의 부모님은 언제나 유리에게 충분한 사랑을 주지 못하는 양육자들이었으므로 애착이랄 게 없었다. 그러니 할머니와 함께 살게 되었다는 사실은 별 문제가 되지 않았다.

문제는 할머니의 몹시 특징적이고 특수한 성격이었다. 유리에게 있어 푸근하고 온화한 성정의 할머니란 매체로만 접할 수 있는 환상의 동물에 가깝다. 유리의 할머니는 결코 그런 유형의 노인이 아닐뿐더러, 무엇보다 노인이라는 말 자체가 전혀 어울리지 않는 사람이다.

할머니는 한 기업의 이사직을 맡고 있는 커리어 우먼이다. 언제나 단정하게 세팅한 머리와 특유의 화장법은 하루도 흐트러진 적이 없다. 아픈 날에도 슬픈 날에도 해가 뜨면 화장대 앞에 앉는

다. 옷가지와 수건을 색깔별로 나누어 하루에 두세 번씩 세탁기를 돌리는 습관도 한결같다. 그 넓은 집을 도우미를 쓰지 않고 혼자서 관리하는 것도 그런 강박적인 성격 때문이었다.

그 성격은 외손녀의 양육법에도 예외 없이 적용되었다. 할머니는 어린 유리가 놀이터에서 놀다가 옷에 흙을 묻히고 오는 것조차 용납하지 못했다. 때로는 가시 돋친 훈계로, 때로는 싸늘한 눈빛으로 유리를 비난했다.

그래서 유리는 친구와 함께 신나게 그네를 타는 대신, 친구 뒤에서 그네를 밀어 주다가 옷이 조금이라도 더러워질 성싶으면 겁을 집어먹고 집으로 돌아가는 아이로 자라났다.

"할머니, 저 머리카락이 아파요."

어느 날, 어린 유리는 할머니에게 울먹이며 말했다. 머리카락한 올도 삐져나오지 못하게 바짝 올려 묶은 머리 모양은 단 한 번도 유리의 취향인 적이 없었다. 유리가 이유 없이 징징대거나 우는소리를 하지 않는 아이라는 걸 잘 알면서도, 할머니는 끝내 머리끈을 풀어 주지도 머리를 다시 묶어 주지도 않았다.

"여자애가 칠렐레팔렐레 머리카락 풀어헤치고 다니면 남들이 흉본다."

그저 그렇게 일갈했을 뿐이었다.

그 후로 유리의 마음은 하나로 동여맨 머리카락과 다르지 않게 자랐다. 방심한 새에 새어 나가지 못하도록, 약한 부분을 들키지 않도록 언제나 단단히 묶어 둔 마음은 누구에게도 쉽게 열리지 않았다.

유리의 이런 성격은 또래 아이들에게 신비롭게 비쳐졌기에 오히려 인기 요소가 되었다. 예쁜 얼굴과 세련된 옷차림이 뒷받침해 주고 있어 가능한 일이라는 것을, 유리는 누구보다 잘 알고 있었다.

"몸이 둔하면 눈빛도 마음도 둔해진다. 사람이 둔해 보이면 무시당한다."

그래서 할머니가 건넨 식욕 억제제도 군말 없이 먹었다. 알약이든 한약이든 가리지 않았다. 단식과 절식 또한 전부 할머니에게 배운 것이다. 아주 어릴 때부터 몸에 좋지 않은 간식거리는 입에 넣는 게 아니라는 가르침도 받았다. 때문에 생일 날조차 그 흔한 케이크 한 조각 먹어 본 기억이 없다.

"……너 진짜 맛있게 먹는다."

그러니까, 유리가 처음에 보민에게 다가갔던 이유는 단순히 호기심 때문이었다. 살면서 본 사람 중 손에 꼽을 만큼 행복한 표정으로 초코소라빵을 먹고 있던 아이. 그저 신기하고, 또 재밌어서 가볍게 말을 걸어 보았다.

자신과 보민은 달라도 너무 달랐다. 너무 다르니까 자꾸 보게 되었고, 자꾸 보다 보니 다른 구석을 더 많이 발견하게 되었다.

손보민. 초콜릿 하나에 세상을 다 가진 듯 사르르 웃는 애. 나쁘고 고약한 것은 모조리 체로 걸러 낸 듯한 고운 질감의 성정을 가진 애. 남에게 사랑을 퍼 주느라 바빠 자신이 얼마나 사랑받고 있는지 알지도 못하는 것 같은 그 애가, 유리는 번번이 신기했다.

그리고 조금은 미웠다. 차라리 줄곧 미워할 수 있었다면 수월했을 테지만, 보민은 도무지 그럴 수 없는 아이였다. 보민과 함께 있다 보면 마음의 끈이 조금씩 느슨해졌고, 그 사이로 감추고 싶은 비밀이 자꾸만 새어 나왔다. 유리는 무방비해지는 자신이 두려웠다. 두려워서, 보민에게 갑작스레 싸늘해지곤 했다.

눈에 띄게 나쁘거나 아픈 것은 아닌데, 속이 곯은 지 너무 오래되었다는 생각이 들었다. 배가 고픈 것쯤은 참을 수 있었으나 때때로 마음에 강렬한 허기 비슷한 것이 찾아왔다. 나를 다 보여 줄 수 있고, 다 보여 줬는데도 이해해 주는 사람. 그런 사람이 세상에 한 명이라도 있었으면 싶었다. 희한하게도 그럴 때 떠오르는 건 언제나 보민이었지만, 먼저 연락해 볼 용기는 없었다.

수학여행 사건과 급식실 사건 이후로 유리의 학교생활은 걷잡을 수 없이 나빠지고 있었다. 유리는 그럴수록 더 보이는 것에만 신경을 썼다. 교복을 더 새하얗게 빨아 빳빳하게 다림질했다. 머리카락이 더 찰랑거리도록 헤어 오일을 듬뿍 발랐다. 화장은 더 치밀하고 자연스럽게 했다. 혼자 있어도 외로워 보이지 않도록 귀에는 언제나 이어폰을 꽂았다.

괜찮다. 곧 방학이니까. 방학이 끝나면 곧 졸업이니까. 마음이 불안할 때마다 유리는 속으로 학사 일정을 곱씹어 보았다. 고등학교는 엄마가 새로 발령받은 회사가 있는 도시의 학교로 진학할 예정이었다. 거기서는 다 새로 시작할 수 있다.

여러분의 반짝이는 아이, 여러분의 사랑받는 아이 헤일리. 그곳에서는 유리도 헤일리 같은 아이가 될 것이다.

*

"제발 몸도 마음도 건강히 지내다가 만나자. 선생님 부탁은 이거 하나밖에 없다. 혹시라도 무슨 일 생기면 꼭 선생님한테 알려 주고. 이상, 방학식 끝."

교탁에 선 담임 선생님이 짝짝 손뼉을 쳤다. 아이들이 땅바닥에 쏟아진 콩처럼 순식간에 여기저기로 흩어졌다.

유리는 방학식이 끝나자마자 뒷문을 통해 교실을 빠져나갔다. 보민이 잠시 머뭇거리다 유리 뒤를 따라나서려 할 때였다. 누군가가 보민의 앞을 막아섰다. 예은이었다.

"그냥 가게 놔둬."

"그래도…… 인사라도 한번 해 볼까 싶어서."

"됐어. 너 그러다 쟤한테 또 무슨 소리 들으려고."

예은이 단호하게 말하며 보민의 등을 앞으로 쭉 밀었다. 종희와 시래가 앞문에 비스듬히 기대어 서서 둘을 기다리고 있었다.

네 명 모두가 그토록 고대하던 겨울 방학이 되었다. 한동안 입시 원서를 쓰느라 제대로 놀아본 지가 언제인지 까마득했다. 그 사이 종희는 국제 고등학교에 합격했다. 내년 봄이면 홀로 먼 도시로 떠나 그곳에서 기숙사 생활을 하게 된다.

종희가 진학할 고등학교가 결정된 뒤로, 한동안 '졸업' '고등학교' '내년'과 같은 단어들은 금기어가 되었다. 어쩌다 그 단어가 입 밖으로 나오면 예은은 치와와 같은 눈을 글썽거리며, 전종희 없는 고등학교는 하나도 기대가 되지 않는다며 생떼를 부렸다. 가지 마, 가지 말라고. 영영 떠나는 것도 아닌데 매번 절절한 목소리로 호소했다.

"나는 얘 때문에 내가 이민이라도 가는 것 같다니까."

그럴 때마다 종희는 건조한 말투로 예은의 등을 토닥여 주었다. 국제 고등학교 특성상 가장 먼저 입시 결과가 나왔으므로 종희는 다른 아이들에 비해 비교적 한가한 시간을 보냈다. 덕분에 늘 해 보고 싶었던 홈베이킹을 시작할 수 있었다. 종희의 홈베이킹을 가장 기뻐하고 응원해 준 친구는, 역시 보민이었다.

어젯밤, 단톡방에서 종희는 이렇게 말했다.

[방학 기념으로 양푼이요거트케이크 만들어 먹을 계획이니 참고 바람.]

요거트케이크라니, 범상치 않은 메뉴명이었다. 잔뜩 기대에 부푼 아이들이 열렬한 반응을 보냈다.

  오랜만에 다목적실에 모인 넷은 전신 거울 앞에 일렬로 서 보
았다. 네 명 모두 양푼이빙수를 처음 만들어 먹던 지난 초여름과
조금씩 달라져 있었다.

  가장 먼저 종희는, 위에서 누군가가 잡아당긴 것처럼 세로로
길어졌다. 길쭉한 팔다리에 늘 고수하는 쇼트커트까지 더해져 꼭
모델 같은 인상을 주었다. 보민은 얼굴색이 몰라보게 밝아졌고,
예전보다 웃는 표정이 더 시원시원해졌다.

  시래는 이번 한파에 대비하기 위해 머리카락을 조금씩 기르던
참이어서, 멀리서 보면 보드라운 털모자를 쓴 듯한 밤톨 머리가
되었다. 예은은 메이크업 아티스트의 유튜브를 꼬박꼬박 챙겨 본
뒤로 웬만한 전문가만큼 화장을 자연스럽게 했다. 시래가 배우로
데뷔하면 메이크업 담당자는 반드시 자신이 맡을 거라고, 벌써부
터 구두 계약을 해 두었다.

  "그때까지 붙어 다니자고?"

  시래가 질린다는 표정을 지었지만 예은은 전혀 개의치 않았다.

  "우리 네 명은 무덤까지 같이 가는 사이인 거야. 그게 여자들의
우정이라고."

  예은의 호기로운 다짐이 웃음을 자아냈다.

  거울 앞에서 기념사진도 여러 장 찍었다. 남는 건 사진뿐이라

고 틈만 나면 사진을 찍어 대는 바람에 언젠가부터 넷의 사진첩에는 똑같은 구도의 똑같은 얼굴들만 득시글했다. 분명히 사진인데도 보고 있으면 어디선가 왁자지껄한 소리가 들리는 듯했다.

종희가 어깨에 메고 있던 보냉 백을 내려 무언가를 주섬주섬 꺼냈다. 그런 종희를 중심으로 아이들이 자리를 잡고 앉았다.

"짠. 어제 만든 크랜베리스콘이랑 그릭요거트."

유청을 제거한 우유와 전기밥솥을 이용해 만든 그릭요거트 그리고 오븐 없이 만든 크랜베리스콘은 한눈에 봐도 실력자의 작품이었다. 뭐든 다 잘하는 종희는 홈베이킹마저도 놀라울 만큼 잘해냈다.

"나 이러다 미래에 빵집 사장님이 될지도 모르겠어."

"종희야, 나는 찬성이야. 너 빵집 사장님 되면 나 직원으로 써 주면 안 돼?"

보민이 냉큼 대답했다. 멀고 불투명한 미래를 아무렇게나 약속하면서 넷은 자주 웃었다. 웃는 만큼 사이가 끈끈해졌다.

종희가 비닐봉지에 담아온 되직한 그릭요거트를 숟가락으로 긁어 양푼이에 옮겼다. 그리고 요거트 가운데에 크랜베리스콘을 조각 케이크처럼 얹었다. 그 위에 보민이 블루베리와 딸기를 예쁘게 올렸고, 예은은 자신이 즐겨 먹는 간식인 초코그래놀라와 초코볼을 토핑으로 흩뿌렸다. 시래가 편의점에서 원 플러스 원으로 두 세트씩 구매한 캔 커피까지 꺼내 놓자, 순식간에 잘 차려진 디저트 세트가 완성되었다. 이제 넷은 웬만한 요리 경연 대회 참가 팀보다 합이 잘 맞았다.

"양푼이요거트 세트, 이거 왠지 트위터에서 인기 많을 것 같아."

보민이 전문가처럼 여러 각도에서 사진을 연속으로 차르르 찍었다. 그러고는 자신의 트위터 구독자가 어느덧 만 명이 넘었다는 소식을 아이들에게 전해 주었다. 그 때문인지 과자나 디저트 광고 제의가 간간이 들어왔는데, 다 거절했다는 말도 덧붙였다.

"그 황금 같은 기회를 제 발로 걷어찼다고? 대기업이 너한테 돈을 갖다 바치겠다는데 그걸 전부 마다했다는 말을 하는 거야, 지금? 이 답답아!"

시래가 보민의 어깨를 짤짤 흔들었다. 삭발 사건 이후 한 번 용돈이 끊겨 본 시래는 금전적 독립의 중요성을 누구보다 절절히 깨닫고 말았다.

"대기업 거라고 다 맛있으리란 보장이 어디 있어. 나는 요즘 우리 종희가 만들어 주는 디저트 먹기에도 위가 부족하다고. 돈 때문에 세상 최고의 행복을 팔 순 없어."

보민다운 이유였다. 양푼이요거트를 맛있게 퍼먹는 보민을 바라보다가 종희가 조용히 웃었다.

"근데 한유리는 원서 어디에 넣었대? 멀리 떨어진 곳으로 가려나?"

예은이 블루베리를 입에 쏙 넣으며 물었다.

"이상한 소문이 다른 학교까지 퍼졌나 봐. 유리랑 나랑 같은 학원 다녔던 친구가 유리 걔 진짜 귀신 들린 거냐고 연락 온 거 있지? 21세기에 귀신이 웬 말이야. 남 일이라고 그렇게 쉽게 말해도 돼? 정이 확 떨어져서 답장도 안 했어."

남을 쉽게 미워하지 않는 보민이 지나치다 싶게 화를 냈다.

보민은 알게 모르게 유리를 보호하려고 애썼다. 누군가가 보민에게 유리와 그렇게 각별한 사이였냐 물으면 고개를 저을 수밖에 없지만, 다이어트 정보를 공유하며 시답잖은 연락을 매일같이 이어 가던 시기가 둘에게는 분명히 있었다.

함께 굶고, 함께 참고, 함께 나빠지던 시간.

보민은 세 아이들과 양푼이 덕분에 그 시간에서 무사히 빠져나올 수 있었지만 유리는 아니었다. 유리는 여전히 그곳에, 깊은 웅덩이에 고여 있는 듯했고 그것은 보민에게 계속해서 은은한 죄책감을 안겼다.

보민이 응급실에 실려 갔던 날, 여자아이들 몇 명에게서 연락이 날아왔다. 너 다이어트 때문에 쓰러진 거 진짜야? 혹시 얼마나 뺀 건지 물어봐도 돼? 걱정 어린 듯한 말투에 감출 수 없는 호기심이 배어 있다는 걸 보민은 느낄 수 있었다. 타인의 감정을 읽어내는 레이더가 이십사 시간 내내 활발하게 작동한다는 건, 보민이 가진 가장 특별한 점이었다.

[미안해. 밥 잘 챙겨 먹어. 뭐가 미안한지는 잘 모르겠어. 그래도 나는 네가 좋았어.]

그날, 유리에게도 문자가 왔었다. 유리는 보민의 감정 해독 레이더에 번번이 오류를 일으키는 아이였다. 보민은 문자를 오랫동안 들여다보았지만 유리의 마음을 제대로 해석할 수 없었다. 그래서 답장을 보내지 못했다. 그 후로 둘은 인사조차 하지 않는 사이가 되어 버렸다.

유리는 이번 방학을 어떻게 보낼까. 그때 답장을 보냈더라면 우리는 여전히 친구였을까. 유리를 생각하면 자꾸만 더 좋은 방향의 미래가 있지 않았을까 하는 후회가 따라붙었다.

양푼이 디저트를 배부르게 먹고 학교를 빠져나와 코인 노래방에 가는 동안에도 보민은 유리의 조그맣고 마른 등을 생각했다. 노래방에서는 예은이 구슬픈 발라드를 부르는데 멍하니 탬버린을 쳤다. 찰랑거리는 탬버린 소리와 예은의 바이브레이션이 이상하게 섞이고 있는데도 한참이나 그런 줄 몰랐다.

집으로 가는 버스에서 보민은 카톡 친구 목록을 살펴보다가 유리의 프로필을 눌러 보았다. 유리의 프로필 뮤직에는 헤일리의 노래가 걸려 있었다. 지난봄, 학원 휴게실에서 자습하던 중 유리가 흥얼거렸던 바로 그 노래였다.

"우아, 유리야, 너 노래 잘한다."

보민이 칭찬하자 유리는 연필을 마이크처럼 말아 쥐고 더 열창했다. 그 익살스러운 모습에 한바탕 웃은 기억이 있다. 유리 같은 애가 아이돌을 해야 하는 건데. 저렇게 다재다능한 애가 학원에 틀어박혀 공부만 하는 건 국가적 손실이 틀림없다고, 속으로 생각했었다.

"너한테만 말해 주는 건데, 나 사실 헤일리 덕후야. 헤일리가 입은 옷, 헤일리 화장법 같은 거 엄청 서치 해서 따라 하고 그래."

"정말? 유리 네가 덕질도 한다니 진짜 의외다. 내가 생각한 네 이미지랑 너무 달라."

"의외일 건 뭐야? 날 어떻게 생각했길래?"

"너 완전 아이돌이잖아. 너는 왠지 집에서도 악기나 연기 레슨을 받을 것 같은 느낌이랄까. 우리 입학했을 때 너희 부모님 두 분 다 배우라는 소문도 있었다고."

보민의 말에 유리는 어깨를 으쓱하고 말았다. 그러고는 언제 신나서 노래를 부르고 까불었냐는 듯 무심한 표정으로 돌아왔다. 그런 유리를 보면서 보민은 자신이 무슨 실수라도 한 건가 싶어 또 마음이 불편해졌다.

모든 게 좋았다고도, 전부 나빴다고도 말할 수 없는 유리와의 씁쓸한 추억들이 보민 안에 생생히 남아 있었다. 유리를 좋아했고 유리를 동경했다. 그러나 이제 유리와는 영영 남이 되어 살아갈 것이다.

보민은 창밖으로 눈을 돌렸다. 어둑어둑한 도로 위로 언제부터 왔는지 모를 싸락눈이 내리고 있었다. 거리는 연말 분위기로 시끌벅적했다. 이어폰 안쪽으로 구세군 자선냄비와 캐럴 소리가 희미하게 새어 들어왔다. 갑자기 내린 눈 때문인지 버스가 느린 속도로 가다 서다 했다. 보민은 휴대폰 볼륨을 크게 키우고 눈을 감았다. 헤일리의 통통 튀는 음색이 보민의 귓가에서 춤을 췄다.

*

한 해의 마지막 날이 왔다. 전날 밤부터 전국적으로 대설 주의보가 발령되더니, 정말로 새벽 내내 쉬지 않고 눈이 내린 모양이었다.

우아!

아침에 베란다 문을 연 보민이 간밤에 몰래 온 도둑눈을 보고 탄성을 뱉었다. 그리고 단톡방에 베란다 전경을 찍어 올렸다. 그러자 종희와 시래, 예은도 잇따라 각자의 스타일로 찍은 눈 사진을 보냈다.

[오늘 우리 집에서 파자마 파티 하자! 엄마 아빠 부부 모임 간다고 너희 초대해서 놀아도 된대.]

예은의 카톡 밑으로 폭죽을 터뜨리는 이모티콘, 춤추는 토끼 이모티콘이 줄줄이 달렸다. 제야의 종소리를 함께 들으며 소원을 빌자는 이야기가 나왔다. 원래 그거 들으면서 소원 비는 거야? 누구한테 비는 건데? 종한테 비나? 몰라, 일단 빌어 보자. 긴 생각을 거치지 않은 말들이 단톡방에 넘실댔다. 그만 떠들고 나갈 준비를 하자는 종희의 말을 끝으로 겨우 잠잠해졌다.

보민은 자리에서 일어나 옷장을 뒤적거렸다. 그때 휴대폰 벨소리가 울렸다. 당연히 예은이겠거니 싶어 액정을 보지도 않고 전화를 받았다.

"너희 집에 잠옷으로 입을 만한 거 있어? 없으면 챙겨 가려고."

— ······.

수화기 너머로 바람 소리 같은 것이 들렸다. 그제야 볼에서 휴대폰을 뗀 보민은 놀라서 숨을 들이켰다. 액정에 '한유리'라는 세 글자가 찍혀 있었다.

"여보세요?"

대답 대신 물기 어린 숨소리가 돌아왔다. 여보세요? 유리야, 너울어? 무슨 일 있어? 보민이 조심스럽게 물었다. 한동안 정적이 이어졌다.

잠시 후, 유리가 평정을 되찾은 듯 차분한 목소리로 말했다.

— 할머니가 돌아가셨어. 혹시 장례식에 와 줄 수 있어? 그냥 네 생각이 나더라. 이유는 모르겠어.

보민은 작게 탄식했다. 예전에 유리에게 얼핏 들은 기억이 있다. 자기가 사정상 잠깐 할머니와 살고 있는데, 보민에게만 알려 주는 정보니 누구에게도 말하지 말라고 했다. 보민은 비밀이라고 할 만한 일은 아니라고 생각했다. 하지만 꼭 그러겠다고, 걱정하지 말라고 호언장담을 했다. 혹여 나중에라도 유리가 자신에게 비밀을 말해 준 것을 후회할까 봐, 그러면 또 갑자기 쌀쌀맞아질까 봐 걱정스러웠다.

유리는 지금 일을 나중에 후회하게 될까, 후회하지 않을까. 도무지 알 수 없는 유리의 속마음이 보민은 여전히 궁금했다.

"당연히 가야지. 준비하고 바로 갈게."

그러면서 눈으로 빠르게 옷장을 훑어보았다. 친구 할머니의 장례식에는 뭘 입고 가야 하는 건지, 어떤 복장이 예의에 맞는 건지 단박에 판단하기가 어려웠다.

─고마워. 주소 보내 줄게.

"저, 유리야, 혹시 너만 괜찮으면…… 애들이랑 같이 가도 돼? 사실은 오늘 만나서 놀기로 했거든. 애들도 네 소식 들으면 같이 가고 싶어 할 것 같아서."

유리는 잠시 머뭇거리는 듯하다가 상관없을 것 같다고 말했다.

전화를 끊은 보민은 아이들에게 유리 소식을 전했다. 모두 함께 가겠다고 말해 주어서 다행이었다. 특히 시래에게 더욱 고마웠다. 시래는 유리를 그다지 좋아하지 않았고, 그 이유는 보민 때문이었으니까.

온통 검은 옷으로 갈아입고 나니 12월 31일을 장례식장에서 보내게 된다는 게 조금은 실감이 났다. 돌아가신 유리의 할머니께는 죄송했지만, 다행이라는 생각이 들었다. 이런 예상치 못한 방식으로 유리를 만나게 될 줄은 몰랐다. 유리가 자기가 있는 곳으로 와 달라고 보민에게 먼저 손을 뻗을 줄도 몰랐다.

인생은 알 수 없구나. 꼭 중년 같은 혼잣말이 보민 자신도 모르게 터져 나왔다.

*

장례식장 안으로 들어가기 직전, 시래가 다급하게 아이들을 붙잡아 세웠다.

"잠깐만, 나 이 머리로 장례식장에 들어가도 되나?"

삭발한 이후로 반항아라는 선입견에 노이로제가 걸린 시래였다. 누가 뭘 어떻게 생각하든 상관없다는 주의였지만, 고인을 추모하는 곳에서까지 오해를 사고 싶지는 않았다.

뭐, 괜찮지 않나? 스님들도 장례식은 갈 거 아냐. 종희가 나름 논리적으로 답해 주었다. 핀트가 좀 어긋나긴 했지만.

"피어싱은 빼고 들어가야 할 것 같다."

예은이 시래의 귓바퀴를 가리켰다. 세 명이 달라붙어 시래의 귓바퀴에 주렁주렁 달린 피어싱을 하나하나 빼 주었다.

버스를 타고 오는 동안 넷은 휴대폰으로 장례식장 조문 방법을 검색했다. 그런 다음 조객록에는 어떻게 서명하는지, 분향이나 헌화는 어떤 순서로 하는 건지, 절은 어떻게 해야 하는지 등의 정보를 속성으로 암기했다.

그렇게 만반의 준비를 마쳤다고 생각했는데, 시래의 삭발이나 피어싱처럼 미처 생각지 못한 것들이 계속해서 튀어나왔다.

"근데 어른들은 장례식 예절 같은 걸 싹 다 외우고 다니는 거야? 공부는 죽을 때까지 하는 거라더니, 진짜 절망적이다."

"작년에 우리 증조할머니 돌아가셨을 때, 우리 엄마도 네이버에 급하게 검색하던데? 그러니까 그만 걱정하고 일단 들어가 보자. 만약에 실수한다 해도 바로 죄송하다고 하면 될 거야."

나선형으로 된 계단을 타고 내려가면서 아이들이 소곤거렸다.

일렬로 늘어진 근조 화환이 끝도 없이 이어졌다. 유리네 할머니, 국회 의원이셨어? 아니면 연예인이셨나? 예은이 놀란 목소리로 물었다. 화환 리본에 적힌 글을 읽어 보니 죄다 기업 간부들이 보낸 것이었다.

화환 행렬을 따라 걷자 곧 빈소가 나왔다. 호상소 앞에서 조객록을 적고 부의금을 넣는 동안 네 아이는 서로 꼭 붙어 있었다.

접객실에는 정장을 차려입은 어른들이 삼삼오오 모여 술을 마시고 있었다. 드라마에 흔히 나오는 커다란 통곡 소리는 들리지 않았다. 오히려 단란한 회식 자리 같은 분위기였다. 이 세상에서 누군가가 완전히 사라져도 남은 사람은 밥을 먹고, 술을 마시고, 웃고 떠든다는 게 이상했다. 산 사람은 살아야지. 드라마나 영화에서 숱하게 등장하는 말이 피부로 느껴지는 곳이었다.

"와 줘서 고마워."

유리는 부모님 옆에 의젓하게 서 있었다. 표정이 생각보다 편안해 보였다. 머리를 하나로 묶는 대신 생머리를 길게 늘어트리고 있었는데, 그래서인지 평소와 분위기가 사뭇 달랐다.

예은이 대표로 분향을 했다. 절을 할 때는 네 명 모두 긴장한 기색이 역력했다. 그 모습을 보고 유리와 유리 엄마가 피식 웃었다. 아이들은 그 웃음에 당황해 눈만 데굴데굴 굴렸다. 장례식장에서 상주가 웃어도 되나? 따라 웃어야 하나? 혼란스러워하는 아이들을 향해 유리가 말했다.

"긴장하지 마. 누가 보면 국제회의라도 참석한 줄 알겠다."

농담이었는데 아무도 웃지 않았다. 유리는 아이들을 끌고 접객실로 나갔다.

흰 위생지가 덮인 식탁 위로 육개장과 떡, 김치, 마른안주와 음료수가 깔리기 시작했다. 예은이 조심스럽게 입을 열었다.

"유리야, 너 밥은 먹었어?"

"안 먹었는데, 별로 입맛이 없어."

그때 시래가 호통을 치듯 말했다.

"밥 좀 먹어라, 밥 좀. 밥은 입맛 있을 땐 먹고 없을 땐 안 먹는 게 아니라 그냥 때 되면 삼시 세끼 꼬박꼬박 먹어야 하는 거거든?"

보민이 깜짝 놀라 시래와 유리를 번갈아 바라보았다. 시래의 호탕한 말투에 악의가 없다는 걸 보민은 잘 알고 있었지만, 유리는 기분이 나쁠 수도 있지 않을까 싶었다. 다행히 유리는 희미하게 웃을 뿐이었다. 그런 다음, 함께 밥을 먹겠다고 했다.

유리는 정말로 밥 한 그릇을 싹싹 긁어 먹었다. 보민이 처음 보는 모습이었다. 지금 유리가 무언가를 견디기 위해 몹시 노력하고 있다는 것이 느껴졌다.

잠시 먼 곳을 바라보던 유리가 결심한 표정으로 입을 열었다.

"나 별로 안 슬프다고 하면 너무 이상한 애 같으려나? 방학 하자마자 할머니가 병원에 입원했거든. 별거 아닌 병이었는데 하필 패혈증에 걸렸어. 상태가 순식간에 안 좋아지는데, 처음에는 실감이 잘 안 났어. 잠깐 의식이 돌아왔을 때 나를 보던 눈빛이 너무 멀쩡했어. 되게 집요하게 바라보셨는데…… 거기에 애정이 담겨 있었는지는 잘 모르겠다. 그냥, 책임감 같은 거 아니었을까? 할머니는 나를 자기가 거두어야 할 어린 짐승 같은 걸로 여겼던 것 같아. 그건 사랑이 아니잖아. 사랑이랑은 다른 거잖아."

유리는 조곤조곤한 목소리로 말을 이어 갔다. 뒷자리에 앉은 어른들이 담배를 피우러 가는지 우르르 장례식장을 빠져나갔다.

어수선한 분위기에서도, 보민은 숨소리조차 내지 않고 유리의 말을 들었다. 유리가 자신의 이야기를 하고 있다. 남들에게 보여 줘도 괜찮은 모습인지 아닌지 머리를 굴리지 않고 그저 마음을 마음 그대로, 날 것을 날 것 그대로 내놓고 있다.

"돌아가시기까지 3일도 채 안 걸렸어. 나는 내가 아직 실감을 못 해서 안 슬픈 줄 알았는데, 그게 아닌가 봐. 할머니가 돌아가신 걸 머리로도 마음으로도 받아들였는데, 근데도, 그런데도 안 슬 퍼. 할머니랑 같이 사는 동안에는 현관에 신발 놓는 자리, 소파 쿠 션 위치 하나까지도 늘 할머니 입맛에 맞춰야 했어. 과자나 빵 같 은 건 집에서 구경도 못 했어. 내가 좋아하는 반찬, 싫어하는 반찬 이 뭔지도 몰랐어. 할머니가 먹으라는 것만, 먹으라는 양만큼만 먹었어. 이제 안 그래도 된다고 생각하니까 솔직히……"

"……"

"후련해."

"……"

"할머니가 죽었는데 후련하다고 생각하는 내가 징그러워."

아무튼 와 줘서 고마워. 나 때문에 12월 31일을 장례식장에서 보내게 됐네. 유리가 마침표를 찍듯 말했다. 정적이 찾아왔다. 보 민에게는 잠시 말을 고를 시간이 필요했다.

그때, 시래가 말했다.

"너 처음으로 안 이상해 보여."

"……"

"처음으로 아주 멀쩡하고 평범한 애처럼 보여."

예은이 "맞아, 나 네가 이렇게 네 이야기 길게 하는 거 처음 봐" 하고 맞장구를 쳤다. 보민은 말 대신 유리의 손을 꼭 잡았다. 종희는 기다란 손으로 유리의 등을 가만가만 토닥였다. 새하얗게 질려 있던 유리의 얼굴이 조금씩 부드럽게 풀려 갔다.

그 후로, 이렇게라면 수다를 평생 떨 수도 있을 것 같다고 생각될 정도로 다양한 대화 주제가 쏟아졌다. 의외로 유리와 죽이 가장 잘 맞는 건 예은이었다. 서로가 쓰는 화장품 정보를 공유하면서 둘은 급속도로 가까워졌다.

"맞아, 나도 그거 엄청 좋다고 해서 비싼 돈 주고 샀는데 내 피부에는 안 맞았어."

"그거 다 마케팅이라니까. 집 가서 내가 쓰는 거 사진 찍어서 보내 줄게. 일주일만 쓰면 여드름 싹 없어져."

얼마나 잘 맞는지 나머지 세 명이 틈을 비집고 들어갈 수도 없었다. 그 광경이 웃기고 즐거워서, 보민은 계속 웃음이 새어 나오는 걸 막지 못했다. 장례식장에서 이렇게 많이 웃어도 되나 싶어 눈치가 보일 정도였다.

이야기가 예은의 첫 연애로 흘러갔다. 이제 예은은, 한주의 이야기를 꽤 웃으면서 할 수 있게 되었다.

"사실은 아직도 그 오빠가 너무 보고 싶을 때가 있어. 내가 너무 즐거울 때, 내가 너무 슬플 때. 그냥 그 오빠가 옆에 있으면 좋겠다 싶을 때가 있어. 이런 마음도 내년에는 다 사라지지 않을까? 빨리 제야의 종소리 듣고 싶다. 그러면 뭐랄까, 다음 챕터로 넘어가는 기분이 들 것 같아."

"너도 제야의 종소리 들으면서 장례식 치러야겠네. 전 남친 장례식."

유리가 말했다. 보민은 농담이라고 생각했는데, 예은은 무척 진지한 표정으로 고개를 끄덕였다. 아무리 그래도 첫 남자 친구였던 사람을 함부로 죽이는 건 너무한 거 아니냐고 넌지시 말해 보았다.

"죽음이 별거냐. 다시는 만나지 못하고, 내 기억에만 있는 사람이면 죽은 거지. 나한테 그 오빠는 진짜로 죽은 사람이야. 제야의 종소리를 들으면서 명복을 빌어 줄 테다."

예은의 말에 유리가 공감한다는 듯 고개를 끄덕였다. 예은과 유리는 둘이서만 통하는 게 있어 보였다. 보민은 뭐든 유리가 덜 외로울 수 있다면, 그 이유가 꼭 자신이 아니어도 괜찮을 것 같다고 생각했다.

이제 그만 집에 가도 된다는 유리의 말을 가뿐하게 무시하고, 넷은 장례식장에서 밤을 새우기로 했다. 제야의 종소리는 유튜브 생중계로 다섯 명이 함께 들을 예정이었다.

4 대 1을 당해 낼 수 없었는지, 아니면 너무 피곤해서 더 투닥댈

기력이 없었는지, 제발 집으로 가라고 사정하던 유리는 결국 백기를 들었다. 유리가 탈의실에서 쪽잠을 자는 사이 아이들은 바람을 쐬기 위해 밖으로 나갔다.

지상 주차장과 연결된 자갈밭을 산책 삼아 걸었다. 장례식장 건물은 외진 도로 한가운데에 덩그러니 있었다. 유난히 조용하고 깜깜한 밤이었다.

목적 없이 왼쪽으로, 오른쪽으로 한참을 걷던 아이들이 자연스레 발걸음을 멈추었다. 그리고 별 한 점 떠 있지 않은 겨울 밤하늘을 올려다보았다.

"우리 이제 열일곱 살이야. 윤예은이 대표로 한마디 하자."

뭐야, 레크리에이션 강사야? 갑작스러운 종희의 진행에 예은이 장난스럽게 딴지를 걸었다. 그러나 이럴 때 절대 숨거나 빼지 않는 게 예은의 매력이었다. 예은은 곧바로 목소리를 착 깔았다.

"잘 가, 나의 열여섯 살아. 나 솔직히 너 때문에 힘들었어. 그렇지만 전부 기억은 할게. 잊지 않을게."

예은의 말이 끝나자마자 이번에는 시래가 입을 열었다.

"요시다 요시노리 감독님, 십 년만 기다려 주세요. 그때까지 멋진 배우가 될게요!"

아예 하늘을 향해 우렁우렁 소리를 질렀다. 어찌나 큰 소리였는지, 장례식장까지 들릴까 봐 아이들이 펄쩍 뛰었다.

"너희 뭐 해?"

뒤를 돌아보자 언제 왔는지 유리가 서 있었다. 예은이 유리에게 말했다. 너도 한마디 해라, 너의 열여섯 살한테. 그러자 별 유치한 걸 다 한다며 유리가 난색을 보였다. 유리는 생각보다 무뚝뚝한 구석이 있었다. 그게 귀엽게 느껴진다는 사실을, 유리 혼자만 모르는 것 같았다.

한마디 하지 않으면 들어가지 않을 거라고 넷은 막무가내로 우겼다. 등쌀에 못 이긴 유리가 그러면 조금만 생각해 보겠다고 했다. 역시 4 대 1은 쉽게 당해 낼 수 있는 쪽수가 아니었다.

"열여섯의 한유리한테는 별로 할 말이 없는데."

"끝까지 뺀다."

시래가 타박했다.

"대신 열일곱의 한유리한테 할게."

순간 모두가 유리에게 집중했다.

"음, 먹고 싶은 게 생기면 먹어. 하고 싶은 말이 있으면 하고."

이게 다야. 이거면 돼. 그러면서 유리가 웃었다. 웃는 표정이 전과는 묘하게 달랐는데, 지금이 훨씬 자연스러웠다. 뺨이 깨질 듯 추웠지만 추위 따위는 대수롭지 않은 밤이었다.

한참을 더 같은 자리를 뱅글뱅글 돌다가 슬슬 들어가자는 말이 나올 때였다. 하늘에서 눈 결정이 하나둘 떨어졌다. 모든 소음을 흡수한 채 고요하게 내리는 함박눈이었다. 시래는 혀를 내밀어 눈을 날름날름 삼켰고 종희와 보민은 사진을 남겼다. 예은은 눈이 얼마나 더러운데 그걸 먹냐며 시래에게 잔소리를 했다. 유리는 하늘을 가만히 올려다보았다. 그러다 서서히 눈을 감았다.

"잘 가세요."

그렇게 나지막이 속삭이고 눈을 떴다. 가시는 길 최선을 다해 모시겠습니다. 조명을 받은 장례식장 간판이 유리의 등 뒤로 어룽졌다. 유리가 할머니에게 할 수 있는 최선의 애도였다.

이제는 세상에 없는 사람이, 덩그러니 남은 마음만이, 12월 31일의 밤이, 아이들의 열여섯이 천천히 떠나 가고 있었다.

"졸업하기 전에 너도 다목적실 한번 와."

다시 나선형 계단을 내려가기 직전, 시래가 유리의 등에 대고 말했다.

"다목적실에? 왜?"

"거기에는 양푼이가 있거든."

보민이 개구진 말투로 답했다. 유리가 그제야 생각났다는 듯 맞다, 너희 무슨 클럽 만들었지, 했다. 유치하다고 여기려 했지만 실은 내내 부러웠다는 걸 유리는 인정하기로 했다. 그리고, 누군가를 깔끔하게 부러워하면 닮고 싶다는 마음만 남는다는 사실을 깨달았다.

유리의 세상에서 한 명이 떠나갔다. 그 빈자리에 요란하고 시끌벅적한 네 명이 자리를 잡고 앉았다. 유리는 그 등가 교환이 나쁘지 않다고 생각했다. 벌어진 상처보다 더 넓은 범위로 새살이 차오르고 있었다.

빈소로 돌아온 아이들은 접객실 한 귀퉁이에 누워 너 나 할 것 없이 고롱고롱 코를 골며 잤다. 온종일 기다렸던 제야의 종소리는 깊은 잠과 함께 허무하게 지나가 버렸다. 하지만 아무래도 좋았다. 함께 손을 잡고 보낼 수 있는 새해가 앞으로 무궁무진하게 남아 있으므로.

희붐한 새벽에 잠깐 눈을 뜬 아이가 있었다. 아이는 비몽사몽인 채로 몸을 일으켜 앉아서 눈을 비볐다. 주위를 둘러보다 벽면에 걸린 LED 시계를 무심코 바라보았다. 시간을 확인하자, 딸꾹질 같은 말이 절로 튀어나왔다.

"열일곱 살이다."

아무래도 좋을 열일곱 살이 시작되었다.

작가의 말

    책 속의 인물들은 각자의 방식대로 씩씩하고 담대하게 자신 앞에 놓인 챕터를 지나는 듯하지만, 삶이라는 것이 정말 그토록 사뿐한 태도와 속도로 한 장씩 한 장씩 넘어갈 수만은 없는 것 같습니다. 지난했던 열여섯 살이 끝나도 시간은 단 일 초도 기다리지 않고 아이들을 열일곱 살로 데려다 놓습니다. 인물들이 겪어 낸 기쁨과 슬픔과 분노와 허기는 작년과 똑같은 얼굴로, 혹은 전혀 다른 얼굴로 또다시 찾아올 것입니다.

    그렇기에 저는 제가 만든 인물들에게 책임감을 느끼고 있습니다. 이 인물의 챕터는 여기서 끝이지만, 마음은 끝이 아니야. 삶은 부지런한 것이고 내가 원하든 원하지 않든 지속되니까. 그래서 각자의 마음을, 이야기 이후에도 이어질 삶을 끝까지 사려 깊게 살피고자 했지만 잘됐는지는 모르겠습니다.

다만 모든 일이 무 자르듯 깔끔하게 끝나지 않아도, 마음에 다시 그림자가 드리워지더라도 꼭 기운을 내자고 말하고 싶습니다. 이 말은 예은, 보민, 종희, 시래, 유리, 청소년 독자 여러분 그리고 저 자신에게도 건네고 싶은 말입니다. 삶의 부지런함에 지치지 말고, 그 사이사이에 찾아오는 깨끗한 햇빛과 바람을 만끽하자고요. 기운을 내자고요.

기운을 내기 위해서는 밥을 잘 먹고 잠을 잘 자야 합니다. 그것이 삶에 있어 제가 아는 거의 유일한 정답입니다. 곳곳의 유리와 보민이 밥을 잘 챙겨 먹기를, 스스로에게 너무 가혹하지 말기를 바랍니다.

책이 나오는 동안 섬세하게 살펴 주신 자음과모음 전유진 편집자님께 각별한 감사의 인사를 전합니다. 힘이 되어 주는 가족들과 친구들에게도 마음 다해 감사합니다.

마지막으로, 가장 친한 친구 선민이가 제 생일날 써 준 엽서 속 문장을 여러분에게 보여 드리고 싶어요.

어렸을 때는 이곳저곳 옮겨 사느라 소꿉친구 한 명 없는 생이 서럽기만 했는데, 그게 다 너 만나라구 주어진 시간이었다면 나는 몇 번이고 되돌아가 외로울 거야.

어린 시절로 돌아가 기꺼이 외롭겠다는 그 엄청난 용기 덕분에 우정에 관한 글을 쓸 수 있었습니다. 늦더라도 반드시 만나게 되는 사람이 있다는 것이, 서로를 향해 걸어오고 있었다는 것이, 제가 아는 삶의 부지런함 중 하나겠습니다.

2024년 11월

김지완

순일중학교 양푼이 클럽

© 김지완, 2024

초판 1쇄 인쇄일 | 2024년 11월 13일
초판 1쇄 발행일 | 2024년 11월 29일

지은이 | 김지완
펴낸이 | 정은영
편 집 | 전유진 우소연
디자인 | 강우정
마케팅 | 최금순 이언영 연병선 송의정 박경원 정예선
제 작 | 홍동근

펴낸곳 | (주)자음과모음
출판등록 | 2001년 11월 28일 제2001-000259호
주 소 | 10881 경기도 파주시 회동길 325-20
전 화 | 편집부 (02)324-2347, 경영지원부 (02)325-6047
팩 스 | 편집부 (02)324-2348, 경영지원부 (02)2648-1311
이메일 | jamoteen@jamobook.com

ISBN 978-89-544-5190-1 (43810)